JN165138

# カフカのヴィジュアルな語り

ありのままに見るという読み方

Franz Kafka

吉田 眸

風濤社

カフカのヴィジュアルな語り
ありのままに見るという読み方

# ◎目次

# II

## カフカと啓蒙——驕らずに見極めること

# III

## 笑うカフカ——換喩的に視覚的な語りの運動

# 第六章　換喩的な『田舎医者』の語り　195

# カフカのヴィジュアルな語り　ありのままに見るという読み方

# はじめに

## 見るという読み方

謎めいたカフカ文学の「意味」を求めて、いきなり「内容的に」掘り下げる方向に向かうのは、徒労なだけではない。徒労を否認しようとするから恣意的な解釈へと容易に踏み出してしまう。

だから、まずはカフカのテクストに忠実に「書いてある通りに」こつこつ読むしかない、とすでに言い古されてきた。[*1] 好き勝手な解釈に対する倦厭がこれほど目立っているのは、カフカの解読という領域以外にはちょっと見当たらないのではないだろうか。

文面に忠実に読むことを試みることはできる。しかし内容をよく理解できないまま「書いてある通りに」読むだけではいかにも足りない。

そこで、「見るという読み方」を追求することにする。

「本格的」な読書論からすれば、「見る」のは評判が良くない。[*2] 読書というのはとりあえずよそ見しないで自分の想像力の許に居ようと決め込んだ行為であって、なにかを具体的に「見る」のは想像力の矮小化でしかないし、そもそも大切なものは見えないのだ、と。

そうだろうか。「見る」といってもこの場合は事物を直接的に見るというのとは異なるのであり、さらに決して武骨に実体化された「外側」の地点からの「観察」などではなく、ただテクストに密着してその多様な現れときめ細かに向き合うにすぎない。もちろんこの「見るという読み方」自体なにも新しくはないが、これが現在でも意外に、未発見の大魚に新たに遭遇し得るものである。

カフカを「ありのままに見る」がごとく読む。それはどういうことだろう。

ふつうに読んでしまうと、実相が見えなくなる。つい「深く」読んでしまうというこの陥穽を避けて、作品の語り（形式）の表層にとどまりながら、一見なにげないが、ありきたりではない興味深いことを追う。ことごとくテクストに露出していながら知られざるカフカ文学というものに光を当てる。

## 小さな死

見るという読み方を追求する上で、少し寄り道をする。

そもそも「視覚的人間」を自認するカフカにおける「ありのままに見る」ことの冷厳なる水準をまずは直視しよう。舞台俳優アルベルト・バッサーマンについてのカフカの発言から、写真や映画とカフカの関係が浮き彫りになったのだった。[*3]

お気に入りの舞台俳優バッサーマンが映画に出演したことはカフカにはショックだった。まずは、かつてカフカがバッサーマンの『ハムレット』の舞台上演に感動したときの発言をみよう（これをツィシュラーの労作『カフカが映画を観に行く』は正当にも引用しているが、ツィシュラーが考えている以上に興味深いものである）。[*4]

僕は『ハムレット』上演を観た、いやバッサーマンを聴いた、と言ったほうがいい。

（B I 129）

演劇は「聴く」ものという発想、つまり「観劇」に行くのだが「聴劇」になってしまうという言い方は、カフカの場合とりわけ映画との関係で生じるといえる。つまり演劇の受容のかたちが特化され純化されるのは、眼を酷使する鮮烈な映画経験が他方にあるからなのだ。それはむろん「サイレント」映画なのである（このことをめぐるカフカ文学の表現の極端な例がのちに扱う『セイレーンの沈黙』である）。

さて、バッサーマンがその出演する映画のスチール写真ではまったく「生彩を欠」き、それに対してカフカが示す違和感は次の通りである。

跳ぶ馬の瞬間撮影は、ほとんどいつでも美しい。が、犯罪的で人間的なしかめっ面の瞬間撮影は、たとえバッサーマンのものであっても、生彩を欠くということに容易になってしまう〔……〕バッサーマンが最も不幸な人間であるかのように僕は同情した〔……〕映画を見れば、彼のありとあらゆる偉大な能力が消費されるというたいへんな無意味さが、彼にも意識されよう。[*5]

（BF 326）

ところがバッサーマン自身の映画出演の弁は、映画俳優になったからといって舞台俳優と異なるところはない、というものだった。ならばバッサーマンの「不幸」というカフカの洞見がさらに際立つ。

写真は生けるものの運動にとって「小さな死[*6]」、死んだ瞬間であるという驚きに芸術家（画家）たちが打たれた一八八〇年代前後を、カフカはここで引きずっているかのようだ。舞台俳優バッサーマンは写真（そして映画）のなかでまさに「死ぬ」。

## 跳ぶ馬の瞬間撮影

ベンヤミンばりに、映画撮影現場における「アウラの崩壊」をカフカは語っているようにみえる。舞台俳優の全人性が、映画撮影においては断片的なものへと解体される、と。しかも、カフカのこの発言が飛躍的にメディア化・技術化された、大量殺戮の戦争たる第一次大戦中になされたことをおもえば、「不幸」はバッサーマンどころの話ではない。だが他方、これが最新メディア技術会社の社員の「恋人」フェリース・バウアー宛の手紙文であることを勘案して、アクセントをポジティヴな「跳ぶ馬の瞬間撮影は、ほとんどいつでも美しい」の方に置き直すこともできよう。なぜ馬の写真のほうは「美しい」のか。[*7]

図1 エドワード・マイブリッジの連続写真（上は拡大）1878年

周知のように、走る馬の瞬間撮影に関しては、マイブリッジによる連続写真（一八七八年）が名高い。その際衝撃的な発見は、地面から離れているとき馬は四肢をなかに折り畳んで「ただその場で跳び上っているようにしか見えない[*8]」ことにあった【図1】。それらの写真を携えてマイブリッジは一八八一年にはパリに赴き、画壇を驚愕させることになる。それまでの、地面から離れているとき四肢を四方に元気よく伸ばしている馬の絵は「虚偽」であったことになったのだから。代表的なものはジェリコーの《エプソムの競馬》（一八二一年、【図2】）であって、そこでは疾走する馬たちは四肢を外に伸ばしきっている。それはいいとして問題なのは、マイブリッジの衝撃後

図2　テオドール・ジェリコー《エプソムの競馬》
1821年、ルーヴル美術館蔵

図3　ジョルジュ・スーラ《サーカス》
1891年、オルセー美術館蔵

十年経ってもなお、四肢を伸ばして走る馬が描かれていることである。それはカフカの『サーカスの桟敷席で（*Auf der Galerie*）』にインスピレーションを与えた「手本」と目されるスーラ[9]の絵《サーカス》（一八九一年、【図3】）である。色彩論において頗る科学的であることで知られるスーラだが、この馬の絵ではおそらく確信犯的に守旧派の一員となる。

もっとも、科学的には虚偽であろうと「芸術の真実」というものがあって、四肢を伸ばしきっている馬の絵もまた「真実」なのだ、という主張も守旧派から強くなされた。なぜなら四肢を伸ばす馬の絵は、「次の瞬間のなかに脚を踏み入れる」というまさに生きた運動のなかにあるのに対し、写真の瞬間は硬直していて過ぎ去っていくことができないのだから、と。[10]確かにここにも「真実」はあろう。

図4　カフカが描いた絵

さて、カフカの描いた馬の絵【図4】はどういうものだろう。そこでは、障害物を跳び越えんとする馬が、写真に忠実に四肢を折り畳んで硬直気味である一方、騎手による運動感は狂熱的なまでにあって、それはまるで写真の「死」の呪縛を必死に振りほどこうとするかのようである。カフカは「芸術の真実」という開き直りの立場は取らない。潔く、写真という異世界に逃れようもなく差し抜かれているような凄みを呈している。「跳ぶ馬の瞬間撮影は、ほとんどいつでも美しい」とは、跳ぶ馬の瞬間撮影は生き生きとした運動を現出させるとまで言っているのではないだろう。自ら乗馬教習所に通い、乗馬を身体的に内側から経験しているカフカが、馬の瞬間写真の硬直を直視しながらそれを「内側から」強く補完し、運動に持ち込む用意がある、というほどの意味である。この場合しかし写真視覚的なものと身体的なものとの間の亀裂は埋めようもないとも見える。騎手の気合いのみが生きている、カフカの作品から一例。無惨な引き裂かれの図である。

この点で、カフカの作品から一例。

『城』の宿の女将がKに一枚の写真を見せて、何が見えるか、と尋ねる。[*11]「若い男が〔……〕板の上で四肢を伸ばして横たわっていてあくびをしている」とKが答えると、女将が笑って「ほんとうに横たわっているように」見えるかとさらに問うので、Kはいっそう眼を凝らしてついに、若い男が「板」ではなく「ひも」を越えんと「高飛び」をしているところであることを認識する（S 124f.）。これは、カフカが写真の「小さな死」をどのように真剣に体験したか、なぜあの馬の絵になったかについて雄弁に物語る箇所である。

### 文学的な可視化

写真の次は映画。映画はまさに侵犯であった。カフカの日記の第一行目にさりげなく書き留められている一文は、リュミエール兄弟の『列車の到着』（一八九五年）が観客に引き起こしたあの驚愕を連想させる。

列車が通り過ぎて行くとき、観客たちは身を硬くする。（T9）

迫り来る「列車」の映像が「観客」の人間的知覚を脅かした。新しい技術への好奇心旺盛なカフカが映画にも飛び付くのだが、映画カメラの知覚の凶暴さにどうにも手を焼くのであり、この辺の事情をツィシュラーは辛抱強く掘り起こしている。[*12]

さて確かにカフカは、先端的な小説家としての野心からでもあろうか、まだまだどこの馬の骨とも分からなかった映画という異次元と真剣に格闘したが、あくまで問題は小説である、とまずは考えられる。カフカは究極のところ小説しか追求していないと。だから「カフカと映画」[*13]という研究テーマは、一見実りが多そうだが特別な工夫がなければ、意外にそれほどでもない。観察における「映画の眼差しの練習」[*14]や、カフカが観た映画からのカフカ作品への「直接的な」影響関係を多々指摘できたとしても、それらもまた文学的に昇華されたものにすぎない。

ただし、例えば『観察』のなかに収められた小品『決心』の、明瞭に映画作品との対応関係を示唆する末尾文の源泉こそ知りたいところだ。すなわち、優柔不断な（きわめてカフカ的な）状況を抜け出す「決心」がもたらす動きはこうだという。

そのようなときの特徴的な動作は眉の上を小指で撫でることである。

(D 19)

これなどまさに映画的な寄り画像であって、初期映画が切り開いた、表情と結びついた特徴的な身振りの好例である。特に手（や指）の動きが重要で、名著『美術と視覚』で映画における「運動」を論じながらアルンハイムは、「手は自然界にみられるもっとも洗練された行動をもっている」[*15]と指摘してみせた。手の形象については後に（第六章「換喩的な『田舎医者』の語り」）詳述するが、映画でこそ可視的になったこのような細部[*16]はカフカ文学のなかに探せば幾つも見つかるだろう。それはなるほどそれなりに面白い調査にはなるが、いずれにせよ雑魚を追っている感もある。繰り返すが、カフカは確かに映像的な異次元をその小説に取り込んだものの、関係はいささか込み入っている。

カフカは小説の読者の「特性」を映像的なものの受容との対照で際立たせてみせる。『変身』から例を引く。

> グレーゴルは実際にドアを開けようとした。実際に自分の姿を人目に晒らそうとした。〔……〕自分にいまそんなにも会いたがっている一同が自分の姿を見てどう言うか、これは興味深い。皆が驚愕すれば、自分にはもう責任がないから平静にしていればよい。逆に皆が平穏の構えなら、自分の方だって興奮するいわれはないわけだ。
>
> (D 130)

たいへん面白い箇所である。「自分にいまそんなにも会いたがっている一同」にはもちろんほんらい読者が含まれる(じつは読者こそがターゲットである)のだが、このとき読者はあくまでも読み手であって、見る者ではないことが当て擦られており、このアイロニーの味わいにおいて、視覚的な対象としてのグレーゴルは、読者にとって絶対的に存在しないのである。このアイロニーが維持されるためには作者は例えば怪虫の表紙画をなんとしても禁じなければならなかったのである。[*17]

さて、視覚的な対象としてのグレーゴルは読者にとって存在しない、と書いたが、「別の意味では」存在するとしたら、どうだろう。ただし、直接的に視覚的な対象としてではなく、あくまで文学的・想像的に視覚的な対象としてではあるが。

カフカの馬の絵にあるごとく、写真という「外部の視線」と小説家カフカの語りとの関係こそが問われる。小説的にはほんらい視覚的な対象ではないグレーゴルを、にも拘らず可視化する読みが大切なのである。この視覚的な読み方は、カフカ文学の特徴を言い当てたはずのあの有名すぎるバイスナー理論[*18]、つまり、語り手と主人公の合致（したがって読者もこの合致のなかに居る）という論、に対する異論になる。ことわっておくが、バイスナー理論への異論[*19]もまた言い古されてきたものであり、この凡庸な水準にも対抗したいので、異論への異論でもある。

例えば『変身』は一見なるほど主人公グレーゴルの視点（に密着した語り手の視点）で語られるかのようであり、読者もグレーゴルにひたすら同一化しそうになる。が、語り手存在がじつは随所で浮き彫りになり、主人公から微妙に離脱して外に廻るのであって、それが決定的になるのが、あの、変身した姿の「お披露目」のくだりである（映画的には構図／逆構図の二つのショットでそれはなされる）。

変わり果てた姿を目の当たりにした傍系人物たちの驚愕が、この上なく巧みに、グレーゴルの視点でまず紹介される。「ひやぁ」と「風が吹いたように響いた」支配人の叫び声をグレーゴルは「聞いた」、そして「見た」（D 134）、この支配人が、そして母が、さらに父が、三者三様の反応を示すのを。傍系人物たちとの出会いはここで完了している（ここまでが構図ショット）。そのあとでさらに、逆サイドから読者用に「見せ」られる（逆構図ショット）。

グレーゴルは入室しないで、固定された側のドアに内側からもたれ掛かかったので、彼の半身と、その上の斜めに傾げた顔が見えた。（D 134）

主人公の半身と顔が「見えた」のである、なんと。両開きのドアの片方が固定されているのは、それがグレーゴルの姿を出現させるフレームとなるからである（こういう点でこそ映画的なのであって、映画的なフレーム内フレームとしては「見せ方を見せる」のである）。主役を効果的に登場させるべく準備されたこのフレームに「斜めに」現れ出る顔は相当にぞっとさせるはずの光景であるが、殊更に「見るという読み方」をしないかぎり読者は無関心にこれを通り過ぎてしまう。語り手がこの顔を傍系人物たちに見せているのではなくて、ほんらいのターゲットである読者にこそ見せているのにである。ところでなぜ「斜め」なのだろう。このフレームが「見せ隠し」の枠（境界）になっているからだ。隠れたものが現出へと移る場合の「斜め」なのだ。

厳密に確認しておこう。あたりまえだが、語り手が主人公から離脱することによってこそ主人公がこのように衝撃的に可視化されること、そのとき、文学的な架空の被造物が、内側から想像されるだけではなく、外側からも確かめられること、まさに即自的かつ対自的に（つまりリアルに）存在するものとして。即自的かつ対自的に、だがそんなヘーゲル的に積極的な話だろうか。むしろ次に述べるラカン的な翳りのある事柄に近いのではないだろうか。

## 「目の底の絵」

若いラカンがフィールドワークで漁師の小舟に乗ることがあった。ふと缶詰の缶が浮かんで光っているのを見て漁師がラカンに言う、あんたにはあれが見えるだろ、でもね、やつの方じゃあんたを見ちゃいないぜ、と。うん、しかしやはり、缶詰からも見られている、とラカンは思った。遠近法的なものの見方はこちら（見る主体）の側からの一方的な視線に過ぎないが、「目の底」の絵には、あちら側（この場合は缶詰の側）から見られた自分の画像が現出するだろう、[*20] つまり、若いインテリの端くれとして場違いな漁の現場に居合せてまさに絵の中の「しみ」となっている自分の姿が、とラカン。見る主体のはずが「しみ」という見え方になる。

## 写真写りが悪い

カフカの場合も「しみ」であるか、あるいはそれ以上に、追放される度合いが強い。

例えば「写真写りが悪い」という他律性は誰もが深刻に体験するものである。自分が思い込んでいるイメージを頑なに裏切る写真、その「頑迷さ」にはお手上げである。前出のバッサーマンの映画ポスターの話題は、まさにこのことをめぐっていたのであり、さらに、カフカの馬の絵も似た話題だった。写真が人間中心主義的な視点を根こそぎ奪い取ってしまうことに、カフカは向き合った。そのことがどういう文学表現をとったか。

『審判』の屋根裏の裁判所庁の廊下で、ヨーゼフ・Kは自分を一斉にベンチから起立して迎える「礼儀正しい」人々に出会うが、のちに同じく被告である商人ブロックが明かすところによれば、あのときあなた（ヨーゼフ・K）の容貌（唇）には、「有罪判決」が刻印されていたのでありその衝撃のあまり皆立ち上がってしまったのだ（P 236f.）と。視点が違えば世界の見え方はガラッと変わるどころの話ではない。肉眼で見る主体として世界を認識しているその連続性への信頼が解体される（それを人間中心主義的な視点が奪い取られると呼ぶ）のである。

自分の身体が世界により勝手に読み取られ登録されてしまうことへの深刻な予感が、夙に、法学部学生カフカを襲ったのだった。つまり写真の使用によって犯罪者の身体を区分し登録して「不可視のものの可視化」を行なう犯罪捜査を推進したハンス・グロースの刑法講義を、カフカも受講したのである。[*21] したがって「見るという読み方」は、そのようなヨーゼフ・Kの無残に他律的に登録された顔と出会わねばならない。

### 読者の身震い

さらに二例を後期から取る。まず『田舎医者』。ここでは語り手は「私」であり、面白いのはこの「私」という語り手すら、巧妙に可視化されることである。或る箇所で突如、読者は「私」に襲われる。

私が自分の顔を少年（患者）の胸に当てると、少年は私の湿った髭の下で身震いをする。

（括弧内の補足は引用者　D 256）

「私」がかなり豊かな髭をたくわえていることを、ここで初めて読者の知るところとなる。「湿った髭」に「身震いをする」のは、この患者がというよりも、「私」という視点に同一化しきっていた読者こそだ。

読者の身震い。主人公との身体的な同一化から切り離されるとき、読者は居心地の良い怠惰な立脚点を失うが、「文学的な視覚」は研ぎ澄まされる。主体の座を外れると傍目八目（おかめはちもく）なので。

最後に『城』。この長篇小説もほんらい「私」語りで開始されたものであり、それだけなおさら意図的に、「読者の身震い」は早々と仕掛けられたのであろう。つまり城の村に到着間もない主人公Kは「ボロボロの身なりをしていること」（S 11）が、傍系人物の口から報告される（容姿描写が客観的な語りによってではなく傍系人物の鏡にふいに映るかたちでなされることで、より効果的になる）。だからこそ、上級役人クラムとの面会を目論んでいるKがそのために「できるだけきちんとした身なり」（S 142）の調達をフリーダに依頼するくだりは、注意深く「見る」という読み方をしている読者にはより効果的に響くのである。

見るという読み方をめぐって、大きく三つの部に分ける。

Ⅰは、初期カフカ文学の目立ったトポスとしての窓辺から見ること、すなわち「窓辺のカフカ」。見るという読み方の実践例が『判決』である。

Ⅱは、「カフカと啓蒙」。「啓蒙」はカフカ文学の内容面の中枢を構成する。その内容面と関わる形式面としては視点の問題（バイスナー理論を中心に）をここで徹底して扱う。

Ⅲでは、視覚的な読みが「笑うカフカ」に出会う。カフカと笑いの関係を、きわめてヴィジュアルな換喩的語りの運動において、見届ける。語りの仕組みが視覚的なのであり、この語りの運動がカフカ流の「啓蒙」と繋がる。

なお本書は、カフカの原作をとりあえずは参照しなくとも通読可能な読み物であることを目指しているので、便宜上敢えて「あらすじ」を付すなどの工夫をしている。

# I

## 窓辺のカフカ——放心した視線

# 第一章　『判決』の眼差しゲーム

## 1　明るい部屋

『判決』は、見るという読み方へと否応無しに誘い込む。

Ｆ・Ｂ（フェリース・バウアー）との「恋」の端緒が[*1]『判決』を生んだとして、どのような表現になったかが大切である。事の本質をつぶさに見届けることにしよう。

「恋」は当然ながら家族からの別離の可能性を前面化し、そのとき父との確執が明確な姿をとった。家族からの別離・自律というテーマはすでに短篇集『観察』のなかの『突然の散歩』に明瞭だが、それが父との決定的な対立という形に先鋭化されるためには、『判決』まで待たねばならなかった。そういうことに加えてさらに本質的なことをこのテクストは曝け出していて、それは、終生父親のもとを離れない、離れられないということなのである。

【『判決』あらすじ】

春の快晴の日曜の朝。婚約したばかりの主人公ゲオルクは、その幸福を伝える手紙をペテルブルクに住む不幸な友人に送るべきかどうか逡巡している。とうとうその手紙持参で、彼は父の部屋に入る。実権を息子に移譲した父の部屋は暗い。やがて父は日頃の鬱憤を晴らすべく、息子をなじりはじめ、ついに溺死の刑を宣告する。それに息子は素直に従い、川に走り身を投げる。

## 語り手の視点、主人公の視点

「見る」ように読む前に触れておかなければならないのは、既述のように、語り手と主人公の視点の不一致ということである。一見カフカの場合語り手の独立した視点はめずらしく、ほとんど一切が主人公の目を通して語られているかのようだ。読者としても独立した視点を獲得できずに、ともすれば主人公に合体してしまいがちである。一切が主人公の目を通して語られていると暗黙のうちに決め込んでしまう読み方は、主体(主人公＝語り手＝読者)と客体(主人公に対抗する世界)という粗雑な二項対立に向かいがちで、主人公を客観視したり、語り手の尻尾を摑んだりという視角が得られない。不同一(主人公≠語り手≠読者)の視角でこそ読者は、よりきめ細かにテクストに参入し、場合によっては自分自身の姿をも見るのだ。というのはその場合読者は、主体という「見えないもの」すなわち「可視性の零点」[*2]から離れているからである。主体が不可視なのは、中心というものの不可視性のことでもあり、「中心にいる登場人物」は「外的には表現されず」ただ「内側から体験される」のみである（M・バフチン）[*3]。それに対し「私の外貌」を見ることにこだわってみせるこのバフチンのように、『判決』を「見る」とは、したがって、「外側」に廻ること、中心からの主人公や語り手のほんの少しのずれを捉えることである。

まずは主人公の（ならびに語り手の統一的な）視線を辿る、するとそれがやがて中心の座からほんのすこしずれてその「外側」が生じ、語り手の視線がこの「外側」に廻る、つまり主人公が可視的になる、という具合に進めよう。ところでこの「外側」を惹起し、統一的視線を二つに分光しているのは晴天なのである。大変な上天気、これが曲者なのだ。

この上なく晴れあがった春の日曜の朝であった。

(D 43)

この書き出しの文（なんという陽光！）がテクストの成り行きを決定してしまっているので

ある。「日曜」だから視線にとっても休日であり、「この上なく晴れあがった」春の日は、目的なき視線を、快適な屋外へ有無を言わさず連れ出そうとする。この日の屋外は幸福を約束しているはずなのに、主人公ゲオルクはなにやら思慮を抱え込んで屋内に縛りつけられている。

窓辺は放心にうってつけである。そもそも窓枠は近代的装置としては外界と内界との根本的な不連続を分節した、つまりいわば風景と内面を同時に発見した。*4 視線だけがぼんやりと窓外に向かうのは、屋内の孤独な内面性の重苦しさからおのずと逃れようとしているからだ。この連れ出された視線が最初に向かうのは、やがてこの運命の日における自分の死に場所となるものなのだが、そうとは知るよしもなく、ぼんやりと彼は「見た」、川と橋を。上天気であることの過剰さには、こんな皮肉が仕掛けられているのである。

ぼんやりと「見る」というのは、何を見てしまっているかわからない。そのような視線の問題へのカフカの関心がどんなに深いかは、すでに『田舎の婚礼準備』の三種の稿のうちの二つに明らかである。この二稿は冒頭の部分で早くも微妙な際を示していて、主人公ラーバンが玄関に出て来たとき雨降りなのを「見た（sah er, daß es regnete）」と、「見ることができた（konnte er sehen, wie es regnete）」という稿に分かれている（NS 12, 43）。天候というものの重大さに呼応して、雨降りを念入りに意識的に見る、という後者の稿の存在が、前者の稿の単に「見た」の不安定なそっけなさ、散漫さ——これは犯罪小説的な語りによって利用されずにはいないであろう——を浮かび上がらせる。

主人公が放心して「見る」とき、それどころかやがて、ずっと「顔を窓にむけ」たままであるがもはや何もきちんと見ていないとき、語り手の視線が姿を現わすのである。語り手は、放心した視線を内側から辿る必要がなくなり、ふとそこに第三の視線を絡ませて一瞬きわめて鮮明に、主人公の視線の外に出る。つまり、通りすがりに路上から挨拶を送ってきた「知人」に対し、ゲオルクは「放心した微笑でかすかに応えたにすぎなかった」(D 49)。この「放心した微笑」において主人公は、まったく無防備に、語り手の視線の客体となる。読者のほうとしても、主人公の視線の外に出た気楽さで、彼のなにやら入り組んだ陰気な人生にかかずらっていないで、「知人」と共に通り過ぎて行ってても一向構わないところである、外は快晴なのだから。

### 陽光と格差

晴れあがった日は、家のなかのヒエラルヒーを剝き出しにする。自分の明るい部屋から出て父の部屋へ入ったゲオルクは、そこの暗さに「驚く」、「こんなに陽の降り注ぐ朝なのに」(D 50)。実権を喪失してしまった者の座は、文字通り陽があたらない。陽光と窓の関係は密接だが、父の部屋の窓は向こうの「高い壁」に著しく損なわれていて、その影が部屋のなかに落ちているという具合である。息子はただ「驚く」だけで、その心理描写はストイックに避けられているが、やがて父に対して「部屋を取り替えましょうよ」（D 53）と提案せざるを得ない。心理描写（すなわち心理上の因果性や連続性の捻出）という歯止めのないところに、語り手は主人公を放り出すのであり、そこでは罪責感情がやがてどんな猛威をふるうかわからない。その最初のきっかけが陽光にあったというわけなのである。

　或ることを語り手は、故意に、出し惜しみする。このとっておきの話題は、会話の箇所用のものである。


「ここは堪え難く暗いですね」と彼はそれから言った。

「暗いとも」と父は答えた。

「窓も締め切っているのですね？」

「そうしときたいんだ」

「外はまったく暖かいですよ」とゲオルクは、前言に付け足すように言い、すわった。

（傍点引用者　D 50）

これはこの日の最初の会話であり、その際天候は、ほんらいとりあえずの害なき話題として仲介的な役割を演じるところである、がこの場合、すでに述べたように、晴天（明暗、寒暖）がまさにヒエラルヒーに関わっているために、いきなり緊迫の会話になる。とっておきの話題とは、窓が締め切られていること――ということは、父は晴天の気持ちの良い朝との関係をきっぱりと絶っているわけで、なにやら強硬な姿勢を暗示している――であって、これが息子にとってこの日父と接触するための取っ掛かりになってしまう。もちろんひどく危うい、どう転ぶかわからない取っ掛かりなのだが、とにかくまず「すわる」ために、この話題に息子は思わず触れてしまうのである。

## 2　不在の扉

### 外部の不在

読者が語り手の視線の外に出るためには、語り手自身の放心を衝くに限る。例えば（ゲオルクが父に会いに行く直前に話を戻すと）次のような別に何の変哲もない叙述を、「読」まずに「見」ていると、妙な発見がある。

とうとう彼は、手紙をポケットに入れ、自分の部屋を出て、小さな廊下を横切って、父の部屋に入った。（D 49）

このとき主人公の視座に身を寄せている語り手が、まるで主人公の放心に感染したかのように書き忘れたもの、あるいは半ば故意に素通りしたもの、それは扉（とりわけ父の部屋の）である。なるほどたかが扉ぐらいのことにいちいち言及する必要はないであろう。が、ならば『判決』の習作と目される『都会的な世界（*Die städtische Welt*）』が父の部屋の扉にあれだけこだわっているのを、どう考えるべきか。この習作における息子オスカルも、「とうとう」意を決して父に会いに行く。「両親の居間の扉」（T 151）を開けると、待ち受けていた父が言う、「頼むから扉のところに居てくれ。おまえにひどく腹が立っていて、何をしでかすかわからんからな」（T 151）。口論が激しくなってくると、息子は逃げ腰になって、「すでに扉のノブに手をかけていた」（T 156）。この扉はだから、父の世界の内部と外部を構成し、父との直面ならびに父からの逃走の際特に印象的な役割を演じることになる。

ところが『判決』のゲオルクは、口論の際扉に逃げるのではない（扉についてはまったく一言もない)、部屋の「隅」(D57)に逃げるのである。つまりなぜかもう逃げることを諦めてしまっている。そうするとこのとき、父の世界に対する空間的な外部、すなわち扉の外、というようなものはないことになる。「この上なく晴れあがった」この春の日の屋外も、なんら外部ではないらしい。外部のこの不在に、語り手自身も襲われ、閉塞感から放心することもあるわけだ。語り手の、いや作者カフカの覚悟がここで決まったのであって、生涯ほぼ一貫して親元から離れない。

## 可視性の領域

息子は父を、意識的にであれ無意識的にであれ、暗い部屋へ排除したのだが、排除の主体(息子)が、かえってその陽のあたる明るい部屋のゆえに、「可視性の領域を押しつけられ、その事態を承知する者」となる。そういう者は、「権力関係――そこでは自分が同時に(見る側と見られる側の)二役を演じる――を自分に組み込んで、自分がみずからの服従強制の本源になる」[*5]。「パノプティコン(一望監視施設、註5参照)」についての著名な論のこの核心的一節は、扉の不在の構造を見事に照らし出す。自分が自分を自発的に監視してしまう状況には外部というものはあり得ない。誰しもこういう構造をいやでも「承知する者」となる、晴れあがった春の日にはとりわけ。

さて、父との向き合いが不可避であること、その切迫が扉を取り払ってしまうのだ。逆に、隔離・排除される側が父（『判決』）から息子（『変身』）に移ると、扉の存在が今度は決定的に重くなる（なんと皮肉な！）。それはこの作品『変身』に一目瞭然だが、既述の、『変身』の表紙画についてのカフカの注文に再度触れるなら、変身したグレーゴルの姿を絶対描かないためにはグレーゴルの部屋の「閉じられた扉」を有効に画題とすべきだと言う（B III 145【図5】）。

## ゲームの規則

『判決』では外部とは、何らかの空間ではなく——同時期の長篇『失踪者』がアメリカという空間的外部の可能性を覗き込むのとは異なって——ひと（婚約者フリーダ、ロシアの友人）である。この二人は、父と息子の「眼差しゲーム」が繰り広げられる密室における「外部」という駒なのであり、それに尽きる。「ゲーム」でしかないからには、問題となるのは、この婚約者や友人の「深い」意味やカフカの実人生の対応関係[*6]（指示対象）よりも、「ゲームの規則」——これが各要素の意味を規定する——の発見

図5 『変身』の表紙画、1916年

なのである。やがて父の戦略が、この二つの駒を奪い取ってしまうとき、息子には死しか残らないであろう。

第一の駒（婚約者）を息子から奪うのには、大した労はいらない。結婚に反対であるというその論拠を提示するまでもなく——じつはこの場合父にはまともな論拠などないのだが——ひとつのいかがわしい実演、露出ショー、これで足りる。露出ということの強調のために「あの女がスカートをまくり上げたものだから」（D 57）というフレーズを三回も繰り返しながら、父は寝巻をたくし上げる、だからおまえはたぶらかされたのだ（恋愛と呼ぶほどのものではないのだ）と。

カフカにあってはつねに、性的なものは権力関係のゲームに奉仕させられるが、まるでそれを言いあてるかのようにフーコー曰く、性的欲望というものは、「権力に対しては本性的に異質」な「服従を拒否する御し難い衝動」などではなく、それは「権力の関係にあっては」、むしろ「道具となる可能性の最も大きい要素の一つだ。きわめて多くの作戦に用いることができるし、極めて多様な戦略の拠点、連結点となり得るからだ」と。[*7]

ここでは性的なものは非主体的契機（すなわち「道具」）だから可視的であり、この可視性がひとの眼差しを捕縛する。ポルノ写真（のような身振り）ほどに、眼差しを限られた意味へと強制するものはなく、この強制力を父は巧みに「連結」に利用する。強いられるままにゲームが敵の土俵（身体）で進められるのは息子にとって不利だ、と思う間もなく、このグロテスクな悩殺ポーズの際に不意に、妙に効果的に、意外なものが露出する。太ももの戦傷。露出が、性的享楽の現在（息子の私的な時間）から急転して、一目置かれるべき生きられた過去（父の公的な時間）に向かう。こういう急転による不意打ちが、このテクストのあちこちに仕掛けられていて、息子を強襲する。

「パースペクティヴの転換」

ロシアの友人こそが重要なもう一つの駒であり、これは婚姻と反りが合わない点ではカフカにとっての「書くこと」の聖域を想わせる、そして「ロシア」の意味も気にかかる、*8がここではあえて問題にしない。それよりも、「見る」ことからすれば例えば友人の顔を被う「異様な（fremdartig）あご髭」のほうが貴重であって、この疎遠さによって生じる不安は、この主語（「異様なあご髭は」）のあと急いで次のように続けられても、消えないどころかかえって強められるのだ、「幼年時代からの見慣れた顔を被い切れなかった」（D 43）、つまり友人との親和性、関係の連続性は維持された、と。しかしこの友人像の急変が、父の逆襲の主な契機となるわけで、だから息子としてはまず「あご髭」の問題を解明しておくべきだったことになる。

ところで興味深いのは、この力関係の逆転（父の逆襲）がカフカ自身により、「パースペクティヴの転換」（BF 397）というふうに、視座の問題として捉えられていることである。すなわち息子の視座が父の視座によって覆される話というわけなのだが、この場合欠くことのできない小道具があって、それは友人への手紙（手紙という「見る」ためのもの）なのである。

この手紙はそもそも物語の冒頭から読者の目に触れ、主人公がそれに封をする時点が始まりであり、次に手紙に関して長々と挿話がなされ、「この手紙を手に」ゲオルクは長く「放心」しており、そしてとうとう彼が「手紙をポケットに入れ」るとき父の部屋への場所の移動がある、という具合に、手紙は筋の進行の原動力であるかのようだ。強力な外部、つまり友人についての話題（手紙）を携えて、要するに逃げ道を用意して、ゲオルクは父に会いに行く。そして「ポケットから手紙を少し引き上げて」（D 50）、自分に向けられる父の視線をそちらにそらす。手紙は、その内容もさることながら、とりわけ視線を引きつけるべきものなのである。ものの威力が大きければ大きいほど、それだけこと（手紙の内容）の細かな論議――これがまたどんな混迷に繋がらないとも限らない――が不要になるので、息子としては当然ものを頼みとする。それによって自分のパースペクティヴ（遠近法）に父を参入させて、遠景としての友人像を首尾よく父と共有できなければならない。

さて、息子のパースペクティヴを壊すために父が行なうのは、まさにこの手紙というものを逆手に取ることである。

「あの人はな、おまえの手紙なんか読まないで左手で握りつぶしてだな、右手でわしの手紙を読むために持っているってわけだ」

(D 59)

ものを駆逐するには直接的に手を下す――例えば「握りつぶ」す――にかぎるだろうが、このとき息子のパースペクティヴは手紙もろとも「握りつぶ」され、そして自分が突然まったく別のパースペクティヴのなかに配置されていること、つまり要するに見る主体から見られる客体に転落していることに気付き、彼は急激にバランスを失う。

手紙がものであるために、ものの容れ物としての「ポケット」が妙に目につく。特にゲオルクが「ポケットから手紙を少し引き上げて」の例のくだりは、「ポケット」をも見せているのではないだろうか。それは、(友人への手紙という)パースペクティヴの鍵を「掌握している」ことを誇示しているようなのだ。その証拠に、父の逆襲は、友人からの(ゲオルクには極秘の)手紙を下着の「ポケット」にしまい込んでいる(D 59)と称する(もちろん嘘であろう)ことなのである。父のこの秘密の「ポケット」に対するゲオルクの驚きと敗北感はあまりに大きいために、彼は、裏で父と友人が通じ会っているというのが事実かどうか確かめる余裕もなく、およそ無意味な、奇妙に近視眼的な想念にとらえられたりしている。なんと、この「下着にまでポケット」ということを公表すれば父を世間でやって行けないようにできるんだなあ（D 59）などと。

息子が頼みとする外部は、父の「ポケット」の内部で窒息する。

## 3　見るための新聞

### 視線の緩衝地帯

息子が固有のパースペクティヴ（遠近法）――そこでは親の世界がセピア色に変色した客体として遠ざけられる――を獲得すること自体にもともと何の不思議もないのに、このことが「絶対的な真理」の化身たる「絶対的な父」によって正当に断罪される、[*9] というような『判決』の読み方はもちろん最悪である。遠近法的主観性の単なる解体は反動的でしかない。「主観が形成される以前の未分化状態は、盲目の自然連関の恐怖、神話であった」[*10]。ところで確かに遠近法は恐怖や神話に打ち勝つべき啓蒙的性質のものであるが、[*11] 遠近法が主客の二項対立（支配服従関係と不可分な）に貫かれているという点では、その勝者が父と息子のどちらであろうとじつは格別意義があるわけではない。そういう関係性そのものを問い直すことこそ肝要であって、そのためには次に述べる緩衝地帯のようなものの可能性も無視できない。

語り手は、だから、この視線の権力ゲームに臨んで高見の見物を決め込めばよいところなのだが、晴天を遮断した暗い密室ではその余裕もなく、つい息子のほうに合体してしまうらしい。そのとき語り手の放心が顔を出すのであって、すでに扉の例を挙げたが、ここでは新聞という小道具をめぐって、語り手の一瞬の筆のすべりを見ることにする。

友人への手紙が直接的にヘゲモニーに関わっているのとは対照的に、新聞は、父と息子の剣呑な関係の仲介物、視線の緩衝地帯となっている。


二人は、夕食はめいめい好き勝手に摂った。しかし食後すこしの間は、ほとんどの場合、それぞれ新聞を手に、居間に同室していた。（D 49）

視線を合わせたくないのである、特に息子の側が。にもかかわらず、一緒に暮らしているという擬制は維持されなければならない、となると新聞という助け舟は欠かせない（このとき「居間」[*12]という仲介的空間も無視できない)。食事が関係の隔絶を一面的に強調しているのに対し、新聞は、連結しながらも距離を保つという絶巧の仲介物となっている。

さて、この日も、ゲオルクが入室すると父は新聞を読んでいる最中である。この新聞についてもう一度触れられるとき、それが突如「大きな」新聞になるのはなぜだろう。

父は窓の縁にその大きな新聞を置き、その新聞の上に眼鏡を置き、眼鏡を手で被った。(傍点引用者 D51)

父との向かい合いが、息子にとって早くも不安で息苦しいものになりはじめているので、視線の緩衝地帯にスポットライトが当てられるのであろう。つまりこのとき息子の視線は、ほとんど無意識的に、逃げ道を探しており、それに肩入れする語り手の筆にも、思わず力が入ってしまうというわけである(なお、眼鏡の話もいかにも面白そうだが今は触れない)。

新聞が緩衝地帯であるのは、その「大きな」面積が視線を遊ばせるのに好都合だから、ということもあるが、新聞が扱う現在というものの暗黙裡の「共通の」話題性による。その現在が、やがて突然過去へと、父の時間へと急転させられる。つまり、「わしが新聞を読んでいると思っているのか」と父が、判決を下す直前に言い、「ゲオルクにはもうまったく聞き覚えがないような名の古い新聞」を投げてよこす（D 60）。このひどく黄ばんでいるはずの新聞の効果は、例の戦傷と同様である。

さて、私たちの「読」まずに「見」るという方法が、この読むためのものではないただ見るための新聞によっても示唆されているのは、言うまでもない。

## ゲーム運び

自作についてのカフカの構造分析によれば、ゲオルクが「もはや父への眼差し以外の何をも持っていない」とき、死刑宣告が強烈に作用する（T 492）という。だからこそ息子にとって外部や緩衝地帯が不可欠なのだが、それはそうと、そもそも「父への眼差し」、父への「見る」関係そのものが孕んでいる危険性に、以下、さらに立ち入らなければならない。

ずっと（夕食後の居間での）新聞に逃げ続けるという道もあったはずだが、やはりそうばかりもしていられないという義務感の中途半端さが、息子を必要以上に怯えさせている（逃げるなら徹底的に、のところ）。友人への手紙についての父の小さな反問（「ペテルブルクにだと？」）に対して、ゲオルクは早くもうろたえて説明に必死になって、「父の眼差しを探した」（D 51）。「探した」ということは、父のほうは初めはわざと視線を隠して息子の視線を呼び込んでいるわけである。息子にとって、あれほど避けてきたものを今や逆に懸命に直視しようとすることは、まったく余裕のない決死の行為になってしまう。その余裕のなさが、簡単に相手の術中に陥る。しおらしく隠された視線を探し求めると、落し穴が待っている。つまり「胸元に頭を沈めている」父の視線を追えばゲオルクは「ひざまずく」姿勢になり、そこを不意打ちされる。

父の疲れた顔のなかの瞳が、眼の端に過剰に大きく見開かれ、自分に向けられているのを、ゲオルクは見た。（D 53）

隠しておいた視線をここぞというときに——相手の「ひざまずく」姿勢には何でも甘受させることができる——鋭く浴びせる、という、これはまた見事なゲーム運びである。だから息子のほうは、父のこの断罪する鋭い視線*[13]というのを実体化して眺めないで、その破壊的作用というものをゲーム運びという関係性のなかに位置づけ退散させなければならないところなのだ（なお、父の身体性の負の要素——この場合は「疲れた顔」——の効果については次節に譲る）。

いったん視線の闘争という修羅場に誘い込まれると、最後の最後まで見るしかない。もはや目をそらすわけにはいかない。不意を衝かれないよう、父の挙動の「すべてを完全に正確に観察しよう」（D 57）と決心している息子は、「眼差しゲーム」であることを痛いほど感じているが、この場合の「ゲームの規則」には疎い。どうなれば勝ちなのか。あくまで外部や緩衝地帯を頼みにして逃げることしかないのか。

ところで、まったく始末の悪いことに、目に見える具体的なレヴェルにのみ関わろうとすると、比喩的なレヴェルによって足元をすくわれるのであり、それにはひとつの鮮やかな例がある。

「わしは、うまくくるまって（zugedeckt）いるかな」と父は、両足が充分（毛布に）くるまっているかどうかを見ることができないかのように、尋ねた。

（括弧内の補足は引用者　D 55）

毛布が足にきちんと掛かっているかどうかという具体的なレヴェルに注意を完全に奪われて、息子は、ごく素直に「うまくくるまっていますよ」と返答するのだが、これに対して父は、巧妙に比喩的レヴェル（隠喩）への転移を行なう。

「わしを言いくるめ（zudecken）ようって魂胆だろうが、わしはまだまだ言いくるめられ

んぞ」　（D 56）

この発言は、毛布（Decke）をはねとばしてなされるのだが、その際息子の言説がすべて「言いくるめ」としてはねとばされていることになる。パースペクティヴの鍵（手紙）が「握りつぶ」されるのと同様きわめて具体的に、可視的に、息子の言説の総体（毛布）もはねとばされるのだが、そのはねとばされ方が徹底的で、「空中で一瞬開ききった」くらいである。こうして言説が剝奪され、視線の地獄が剝き出しになるわけである。

## 4　隠された眼鏡

### 権力の身体

強大さとのみ格闘するのであれば、対抗策も立てやすいだろうが、厄介な「弱さ」も敵には備わっている。誘われるままにそこを攻めればこちらの自滅にしかならないような、この対処し難い「弱さ」とは、身体的衰退のことである。

この日息子の眼差しは、まずすばやく、父のこの「弱さ」を確認する。つまりほとんど自動的に逃げ道——たとえそれが父の身体であろうと——を探している。新聞を持つ父の姿勢は「視力の減退を補おうとしている」うえに、テーブルには「あまり食が進んだようには見えない」朝食が残っている（D 50）という具合なのである。ところがこれがすぐに逆の展開をする。息子を出迎える父の着衣（ナイトガウン）が、なんだかひどく荘重なのである。

父の重々しいナイトガウンは、歩くと開き、すそが身体に巻きついていた。「お父さんは相変わらず巨人だなあ」とゲオルクは思った。（D 50）

着衣はヒエラルヒーと不可分であり、たかがナイトガウンでありながら——特にその布の勿体ぶった効果は大きい——それは「弱さ」を包み隠し、幼児にとっての父の巨大さというものを、今に再現する。この辺、息子にとって、例の遠近法以前の魑魅魍魎が復活しているのであり、対象（この場合は父の身体）を引いて眺めることができなくなってしまう。アドルノは、カフカにおける「子供の恐怖の眼差し」——大人が巨大であったり、「隣村」へ行くのに一生で足らなかったり、「火夫」の船が法外な大きさであったりする——を「斜めに構えたカメラ」にも喩えながら、「そんなふうにものを見たいと思う者は、子供に身を変えて、多くのことを忘れなければならない[14]」と言う。

さて、父の身体の二面性が息子の目に触れており、それを仮に、老いた「生理的身体」と父親としての「権力の身体[15]」と名づけ分けることにする。前者の「弱さ」のあと後者の「権力の身体」が間髪を入れずに登場することが大切なポイントである。父のゲーム運びの妙というのがあるにしても、どうも息子のほうも「権力の身体」の登場にひきつけられているようでもある。そういえば父の身ぶり――これは着衣とともに「権力の身体」の主要な構成要素である――にしても、実際以上の効果を生んでいるのであろう。

「店では、お父さんは、全然こんなふうじゃないのになあ」、と彼は思った、「ここでは堂々とすわって、腕なんか胸元で組んだりしてさ」。(D 50)

## 「弱さを隠すこと」を見せる

「弱さ」は露出しており「老いた男」そのものだが、「弱さ」を凌駕する「動き」があって、それがゲオルクを「まったく放心」させる。彼は父の身ぶりの意外な力強さに、驚いているだけではなく、半ば見とれてもいるのであろう。見えているものを被い隠すのは、いかにも「権力の身体」にふさわしい「動き」だが、そういう「動き」に見とれてしまうようでは、まさに敵はわが胸にありで、これではあらかじめ勝負にならない。

そして例の眼鏡の件がくる。「父は窓の縁にその大きな新聞を置き、その新聞の上に眼鏡を置き、眼鏡を手で被った」。これは、「弱さ」が具体的に文字通り被い隠される唯一の例である。父が「手で被った」眼鏡は、すばやく被い隠されるためにのみ登場し、まさに被い隠されることによって目立つ。ことは視線の闘争なので、老眼という「弱さ」を相手の目前に晒すのは禁物というわけだが、「弱さ」を見せまいとする父のこの振舞いは、じつはその振舞い自体を見せているようでもある。つまりそれは息子に対する挑発、いわば宣戦布告のようなものだ。

この眼鏡のあと（受け太刀の息子の弱々しい言い訳をはさんで）、父の最初の長台詞となるのだが、その直前に（眼鏡と同じく）一瞬言及されるがその後二度と触れられないもの、が見える。「歯のない口」（D 51）。これを、まるで父の重々しい長台詞が被い隠してしまうかのようであり、その意味で長台詞が情景を覆う不透明なものとなっている。

父はときには「弱さ」そのものを攻め駒にすることもあって、例えば「わしがどんな状態か見りゃわかるだろ、そのために目をつけているんだろうが」（D 60）と非難してみせるが、基本的には「弱さ」を隠す振舞いによって攻める。隠す振舞いにおいて立ち現われるのが——くり返しになるが——「権力の身体」なのである。

## 5 高みとしてのベッド

### 隠喩としてのベッド

パースペクティヴの鍵は手紙であったが、空間の鍵といえば、ベッドである。この父の部屋は、家具らしいものがほとんど見あたらない、いわば簡素な舞台装置——そこでは少ない道具が多目的に使用される——なのだが、ベッドの機能の変化がこの空間の意味を激変させ、このことが筋の進行の決定的な転回点になる。

「権力の身体」が猛威をふるい始めるとき、息子としてはベッドが頼りとなる。ナイトガウン——これが曲者だった——を脱がせて、父をベッドに運び、毛布をかぶせて身ぶりも封じると、「万事解決に見えた」(D 55)。ベッドは、生じた問題を寝かしつける場なのである。

だが突然、父は毛布をはねのけベッドの上に「直立した」(D 56)。「生理的身体」を無視した「権力の身体」の力一杯の身ぶりなのであり、このとき、ベッドの水平的な機能が垂直的なものへと変改されて、裁きを下す「高み」となり変わる（空間は病室から法廷へと隠喩化される）[*16]。息子にとって有利と見えた要素が、一転して不利な要素になるのだが、こういう急転の効果は、すでに幾度も述べた通りである。

「高み」が問題だ。父の私室の、これがまた最も私的な家具であるベッドが、ただ床からのその相対的な高さによってのみ公的性格（法廷）を帯びる。そして父は「片手を軽く天井に当てた」（D 56）のだから、ベッドの高さと天井の低さが共同で、天を支えとする父の巨大な身体というものを演出している。

## 「真実」と「愛」

法廷は「真実」を誓わせる。父はこの「真実」を操るのだが、この視角から『判決』をもう一度簡単に通観してみよう。

友人の話題を口早に繰り出して「外部」の地固めをしようとする息子に対して、「真実の一切合切（volle Wahrheit）を言っていないな」と父はまず揺さぶりをかける、「ほんとうにペテルブルクの友人ってのは居るのか」。すると息子は早くも浮き足立って「途方に暮れて」立ち上がる（晴天の話題を駆使して首尾よくすわったのであったが）。そしてなんと、友人の話題は止めにしましょう、と提案する（貴重な話題なのに）。ということはもう背水の陣なのである（D

52)。逆に父のほうが友人の話題に固執して追い打ち。息子は必死の防戦。すると突然、父が今度は、「おまえの友人をよく知っている」と言い出す、それどころか、「彼ならわしの気持ちに適った息子なんだがなあ」などと（D 56）。一転して逆の方向に振るわけだ。発言が「真実」なのかどうかあやしいのに、なぜか効果は確かである。

疑わしき言説を「真実」として機能させるのが、例によって身ぶりである。

父は、自分の言ったことが真実であるのを請け合うかのように、うなずいた。（D 59）

父の行ったり来たりする人差し指の動きが、そのこと（自分の発言）を強めた。（括弧内の補足は引用者　D 57）

だからといって、父が、「真実」とは何らかの実体ではなくて一定の関係性においてのみ強制力を持つ言説であるにすぎない（だからこの関係性をつくり出せば済む）、と主張するような擦れた相対主義を振りかざしているわけではない。死刑宣告の台詞は実体主義そのものである。

「おまえは本来（eigentlich）無垢な子供だったが、もっと本来的には（noch eigentlicher）悪魔的な人間だったんだ」

（D 60）

実体的な「本来性」のレヴェルに特権的に通暁しているかのようなこの発言は、「もっと本来的には」と重畳するとき、かえって「本来性」そのものを相対化し、効果を弱めているはずなのである。「真実」を操る戦略が馬脚を現わしており、要するに息子をやりこめるためのなりふりかまわない攻め、ということなのだが、ゲオルクのほうは、「無垢な」から「悪魔的な」への一八〇度の振幅に眩惑されているのか、まったく無抵抗である。これは、親の慢性的な矛盾した要請、「育て、いや、育つな」、のダブルバインド[*17]に従属的に反応してきた子が、あるとき深刻に立往生してしまった、というケースである。

「真実」のあとは「愛」で仕上げとなる。

「お父さんお母さん、ぼくはあなたたちをいつも愛していたんですよ」

（D 61）

受刑者の側からのこの和解、死の直前のほとんどキッチュじみた「愛」への浄化は確かに強力で、読者の異論を組み敷いてしまいそうになるが、しかし和解のこの肯定的な響きはやはり単なる見せかけにすぎない。それは父の攻撃「わしがおまえを愛さなかったと思うのか」(D 58) に屈した結果である。「愛」というコトバは、この場合、ひとに貸しを作ってのしかかり苦しめるものであり、息子は敵の居ないところで弱々しく応酬しているのである。

『判決』を「見る」試みは、様々の意外な挑発的な発見をもたらす。「挑発的」なのは、秘密が徹底して表面にしかないことが明らかになり、そのとき、解釈の名でテクストにまとわりつく何らかの陰気なイデオロギーが拒絶されるからである。そしてこの外部なきテクストにいい加減にけりをつけて外へ出て行ってしまうことを、このテクスト自体が、秘かに勧めているのである。そもそも、「少年時代には両親の誇りであった優秀な体操選手」(D 61) たるゲオルクが、そのあとゆうゆうと一泳ぎ[*18]したにすぎないのかもしれないのだから。

# 第二章　「小路に向かう窓」の変遷

『判決』の窓辺の放心を辿ってその前史、カフカのさらなる初期へと遡る。

カフカ文学はまさに窓辺から、窓辺の放心から出発した。

最初の短篇集『観察』のなかに『小路に向かう窓（*Das Gassenfenster*）』という小品があり、これは「通りに向かう窓」と日本語に訳されてきたものである。しかし「通り」と訳してしまうと、微妙な重要な差異、小路（Gasse）か大通り（Straße）かの差異が、隠れてしまう。「小路」には、「衛生化措置」（以下「衛生化」と略称）による都市改造において消えゆく旧ユダヤ人街への思いが詰まっているだけではなく、それは近代化され抽象化・匿名化される都市空間に対抗する。おまけに、この「小路」に面する「窓」にカフカのギムナジウム時代の親友の一人オスカル・ポラクが絡む。カフカ世界へのこれ以上の入口はない。

## 1　直喩という逡巡

一九〇二年十二月にすでに大学生になっているカフカはオスカル・ポラクに「内気なのっぽ」の話を書き送る（B I 17f.）。そこではカフカとおぼしき「内気なのっぽ」は「狭い小路（Gäßchen）」に住み、「窓際」を居場所としている。このとき窓と小路にはまだ繋がりは生じていない。

一九〇三年十一月のポラクへの手紙には重要な踏み出しがある。

> きみは僕にとって窓のような何か（etwas wie ein Fenster）だったのだよ。それを通して僕は小路（Gassen）を見下ろすことができたんだ。一人では僕はそうすることができなかった。僕はのっぽだけど、窓の縁（Fensterbrett）には届かないから。（B I 28）

親友のことを「窓のような何か」と喩えることには二重の逡巡のあとがある。「窓」そのもの（隠喩）ではなく、窓「のような」（直喩）という自重と、「何か」というぼかし。そして「小路」（複数形）を見下ろすこと」へと繋ぐ。「小路」に向かう「窓」の喩えは、このようにきわめて控えめにカフカ文学の助走路に放たれたわけだが、やがてそれが興味深い変奏を重ねていく。

孤独な者にとって「窓のような何か」は、外界との媒介を行なってくれる（「と同時に」外界を適度に「遠ざけてくれる」[*1]）ものであり、「小路」は「外界」の喩え、それも旧ユダヤ人街の臭いをたっぷり含んだ小宇宙の喩えである。

さて何があったのだろうか、ポラクに対する縁切りの手紙（一九〇四年一月）が遺されている。幸福のために本はある、というポラクの言葉を逆手にとって、カフカは言い放つ。

> 僕たちに必要なのは不幸のように作用する本なのだ。〔……〕僕らは森のなかに置き去りにされたように天涯孤独となり、自殺をするようなものさ。本というのは、僕らの裡なる凍れる海への斧でなくてはならないのだよ。
>
> （BI 36）

なんとも強烈な言葉たちである。ちょっと格好つけている感じは否めないが、「不幸のように作用する本」には、私たちも頷いてしまうではないか。それがカフカだ、と。それに「天涯孤独」とくるのだから、まさに。

## 2　隠喩という訣別

ポラクという存在の持つ意味がやがて短篇集『観察』のなかの『小路に向かう窓』に生きていることは明らかである。これは一九〇六〜〇七年の冬に書かれたが、タイムリーにもカフカ家の引っ越しの直前のことである。

孤独に暮らしていても時々はどこかに関係を持ちたいと願う者は〔……〕小路に向かう窓（Gassenfenster）なしには長くは持ちこたえられない。（D 32）

複合語「小路に向かう窓」は一挙に圧縮している、窓と小路の繋がりを。このとき「窓のような何か」というかつてのあの直喩をも隠喩へと圧縮して消し去る。ポラクの姿はこのように隠喩へと昇華されて消えたのであるから、隠喩とはひとつの訣別でもあるということだ。痛みを伴う訣別。

何を捜すでもなくただ疲れた男として、眼を（路上の）人々と空の間を上下させて窓の敷居（Fensterbrüstung）のところに歩み出ると〔……〕下の方で馬が馬車と騒音を伴って気を引き、それでけっきょく彼は人間世界へと引き込まれるのである。

（括弧内の補足は引用者　D 32）

「窓の縁（Fensterbrett）」の代わりに「窓の敷居（Fensterbrüstung）」が登場してきている（余談だが、これらがのちの恋人F・B「フェリース・バウアー」と符合するのはなんという偶然であろう）。「窓の敷居のところに歩み出る」身体は、小路の物音や人影と接触する一方、眼は空の方へもさまようのであって、これがやがて眼の浮遊という事態に向かうであろう。カフカにあっては窓際が「人生の困難」を抱え込んでしまう場でもあるから[*2]、窓から眺める眼はそもそも放心気味であって、だからこそ小路への身体的な近さ、つまり一九〇七年の引っ越し前までカフカが親しんできた二階という条件は、外界との関係を維持する上で不可欠なのである。

同じ短篇集『観察』に収録されている『ぼんやりと外を眺める（*Zerstreutes Hinausschaun*）』は表

題からしてまさに窓辺の放心を扱っていることになる。

急激に訪れるこれら春の日々にどう対処したものか。今朝の空は灰色だったのに、いま窓辺に来てみると驚かされ、窓の取っ手に頬を当てる。

(D 24)

ここでは窓の敷居の代わりに「窓の取っ手」が出てきており、これがやはり身体(「頬」)を浮かび上がらせる。もはや明白なのは、窓を通して外界を認識することよりも、窓から眺めること自体のナルシスティックな充実のほうに重点が置かれていることだ。このことはやがて『変身』で明確になる。

## 3 「散歩」という隠喩

短篇集『観察』に『小路に向かう窓』ともども収録された『突然の散歩』という小品がある。家庭に囚われていると感じている優柔不断な人物が、やむにやまれず想像上家を出てみ

図6　ギムナジウムのクラス写真（部分）。上段右カフカ、中段左オスカル・ポラク、下段右フーゴ・ベルクマン、1898年

る（仮定の wenn がなんと十回も登場する！傍線で表示）、するとだんだんと想像がほとんど現実へと移行する、かのようだ。たとえ「小路」へ出るに過ぎず、ついに「小路群」のなかにとどまっている（！）としても。するとやがて「自分の真なる形姿」を見出すことになるというのである。この場合家庭に対置される「外部」として「友人」【図6】も居る。

## 突然の散歩

夕方最終的に家にとどまるよう決心したように思えて家着に着替えて、夕食後照明のある食卓のところに坐ったまま、なにがしかの仕事や遊びを行なって、その後いつも通りにベッドに寝に行くとして、

外は天気が悪くて当然家にとどまるべきだとして、
食卓で長く大人しくして居たので、立ち去ると皆を驚かせるにちがいないとして、
もう階段は暗くされ家の門の鍵もかけられているとして、
にもかかわらず急に不快になってベッドで起き上がり、上着を替えてたちまち外出用の身なりで皆の前に現れ出て、外出しなければならないと宣言し、短い別れの言葉の後外に出る際、玄関のドアをバタンと閉める速さが大なり小なり憤りを皆に引き起こしただろうと思うとして、
小路（Gasse）に出て、思いがけない自由を与えられて特別に動きたがる四肢を感じるとして、
この一つの決心によってありとあらゆる決心能力を自分の裡に結集したように感じるとして、
どんなに急な変化にもゆうゆうと対応するのに必要な大いなる力に自分が恵まれていることを、かつてなかった重大さで認識するとして、
そしてそんなふうに幾つもの小路（Gassen）を突き進んでいくとして、
そうなれば人は、この夕方完全に家庭から外に出たわけで、家庭は実体のないものになるのに対して、自分はきわめて堅固に、黒々と輪郭を得て、両ふとももの後ろを叩い

て、自分の真なる形姿へと自分を高めるのである。

これらの事柄がさらに強められるのは、この夕方遅くご機嫌伺いに友人のところに行くときである。

(D 17f.)

カフカ文学は、もともとじつに「ふつう」の成長発展譚（素朴な主人公が「未成年状態」を脱して自律的大人へと向かう「啓蒙的」物語）の言い換えなのである。家庭の「食卓」が家長の権力の開示される息苦しい場であるのに対して、「散歩」は自律的空間へのとりあえずの脱出を覆い隠す言い訳となる。そして「小路」にもまた「古き良き外界」の言い換えの要素があり、その意味で個人の成長発展に親和的なものであるはずだった。

余談だが、カフカの散歩好きは「身体文化」[*3]の潮流の只中にありながら、散歩もまた窓と同様、生への「近さと遠さ」の両面性を備えている。大学生になって、友人ベルクマンがシオニズムへの賛同を呼び掛けてきたとき、シオニズム自体には距離をとるカフカは所持していた「散歩用ステッキ」を渡して、「これで散歩者たちの間に道を切り拓いてくれたまえ」と言い、この洒落で二人して大笑いをしたと、ベルクマンは回想する。[*4]「散歩用ステッキ」が「距離」を維持しながら深刻なテーマとの絶妙の媒介を行なう。

## 4　眼の遊離と逡巡

### カフカ家の転居と『判決』

一九〇七年の六月に決定的なことが生じる。転居を繰り返してきたカフカ家が今度は「衛生化」されたゲットー跡地の「ニクラス通り（Niklasstraße）」に引っ越す【図7】。この「衛生化」によって、「新しい通り（Straßen）がつくられ、ほとんどの古い家屋は豪華なものに建て替えられた」[*5]。転居においても成り上がっていくカフカ家は、地域のかけがえなきものが追い払われてゆく場所に快適に移り住むということである。

そしてさらに重大なのは、それまでの「ツェルトナー小路（Zeltnergasse）」では二階に住んでいたのだが、ニクラス通りでは五階であるということだ。このことにビンダーは正当にも注意を向けている[*6]（が、議論を深化させていない）。二階から五階へというこの一見じつに些細な変化がカフカにあっては、眼と身体の分離という重大なテーマに発展する。眼は薄暗い小路への身体的な近さから切り離され、いまや明るくパノラマ的に浮遊する一方、嫌々吊り上げられた身体は死の可能性に隣接するということなのだ。つまり五階という高さは自殺用のものでもある。一九一二年九月に『判決』を書き上げ、その二週間後、「幸福な放心状態」に浸っていたカフカは、文筆業への集中を妨げる身辺事情が入るとき、あろうことか窓からの飛び降り自殺を考えたのである（B I 179）。

図7　ニクラス通り（中央左側の建物五階がカフカ家）

『判決』の冒頭の明るさ（「この上なく晴れあがった春の日曜の朝であった」）はまさにニクラス通り五階の眺望だが、『判決』の居住空間は相変わらず二階である（ねじれている！）。それが二階であることを語り手は第二文目で早々にことわっている。

若い商人であるゲオルク・ベンデマンは、低い華奢な建て付けの家並みのなか、とある家の二階の私室に居た……　（D 43）

ニクラス通りの五階は意識的に拒絶されている。考え事にふけっている主人公ゲオルクは、眼下の「小路（Gasse）」を「通り過ぎる知人」に窓から放心した笑みで挨拶をする。外界とのそういう半ば無意識的な繋がりを二階は可能にする。『判決』はパノラマ的見晴らしが付加されている点でのみカフカ家の引っ越しに対応していて、眼は身体ともどもまだ小路の環境のなかにある。二階だからこそ、窓からの飛び降り自殺ではなく、脱兎のごとく川へ走りそこで身を投げるという主人公の派手な死に方が維持されたとも考えることができる。だがむしろ、旧ユダヤ人街の相貌を失い抽象的な空間になってしまったニクラス通りという環境とそれに対する複雑な思い、これを文学的に引き受けることがカフカにはすぐにはできないということだ。これはまた眼の遊離という事態に対する慎重な構えともいえよう。

## 『新旧の「美しきプラハ」について』

ところであの訣別した友人オスカル・ポラクのほうは、学者への道を進み、一九〇七年に、『新旧の「美しきプラハ」について』*7という論文を発表している。ここでオスカル・ポラクは、ウィーンのオットー・ヴァーグナーのようなモダニズム建築の味方でもあり、決してたんなる守旧派ではないことを表明しているのだが、「衛生化」による喪失については格別にこだわる（旧ユダヤ人街を解体して新たに作り直すこの「衛生化」は、都市の近代化につきもので、それによって古き地域が一挙に抽象化され均質化される。それだけではない、チェコ・ナショナリズムの不穏な趨勢に覆われていた)。

オスカル・ポラクは大いに嘆く。「衛生化」は、「愛すべき路地情緒(Gässigkeit)で気持ちよくうねる小路たち(Gassen)」を突然に軍隊調の「直線性」へと変えてしまい、魅力的に「閉じられた場所」であった円形広場に、直線的な大通りによって、空隙つまり「口を開けた傷」が生じてそこから「血が流れ出るよう」であり、例えばツェルトナー小路の古き良さは失われ、「名状しがたいくらいに退屈な」ニクラス通りが君臨することになってしまった、と。後者をポラクは、「顔無き建築家」が幅を利かす「典型」的な場として強く斥ける。これらの叙述における固有名詞を含めたすべてが、まるでカフカ家の引っ越しをピンポイントで当て擦っているかのようではないか!

一九一二年にカフカはフェリース・バウアーと出逢い、「恋」に落ち、カフカが真にカフカになる決定的な転回点の書『判決』を書く。そのときカフカにとって、オスカル・ポラクなどはもうとっくに過ぎ去った思い出であろう。が、『判決』の眼下の小路を「通り過ぎる知人」とは、まさにポラクのことであるとすれば、引っ越し前の二階と、引っ越し後の五階に引き裂かれたカフカがそこに放心状態で現れ出ると考えてみることもできる。つまり、通りすがりに路上から挨拶を送ってきた「知人」に対し、ゲオルクは「放心した微笑でかすかに応えたにすぎなかった」(D 49)。ならばポラクの言う「口を開けた傷」はなんとも強烈にカフカ文学という「傷」の出所を言い当てていることになるだろう。

## 『チェコ人の女中』

友人マックス・ブロートのこの時期の小説『チェコ人の女中』（一九〇九年）は、ウィーンからプラハに送り込まれたドイツ人青年のチェコ女性との悲恋物語であり、カフカも当然ながらこれを読んだ。

せつないような変に鈍感なような（チェコ女性に対する上から目線）このプラハ物語の中枢を回避して、そのなかの妙に目立った二つの末節の事柄を扱ってみる。

まず冒頭で主人公は頻りに「全体の眺望」[*8]を得たがるのだが、これはどういうことだろう。ごくふつうに考えて、複雑化してゆく都会の特に統計学的な全体というものは見えにくいものであるうえに、そもそも市政がすでにチェコ人の手に渡っていてドイツ系・ユダヤ系は排除されているという事情[*9]もあるだろう。だがそんなことよりも、地理的にプラハ全景を見下ろすラウレンツィ山の上の展望台はチェコ人に差し押さえられている、という甚だ具体的な視覚の話なのかもしれない[*10]（そういう説明をブロートはいっさいしないが）。それが証拠に、視覚の満足が得られないので嗅覚の話題に移る[*11]、という可笑しさである。

もう一つは、ツェルトナー小路がその固有名詞で複数回登場することで、それが友人カフカのかつての居住地だからということもあろうが、印象的なのは、「都会的」な際立った場所として描かれることである[*12]（もっともカフカ自身が「小路」を殊更に暗く湿った世界として描き出した訳ではない。問題はカフカの語彙の「都会的」にはネガティヴな含意があることだ）。

## 5 『変身』以降の展開

### 『変身』

『変身』においてやっと、ニクラス通りへのカフカ家の引っ越しが顕現する。窓の機能も変化する。グレーゴルにとって窓とは何か。

彼はそれから窓の敷居（Fensterbrüstung）のところに這い上がり〔……〕明らかに、以前彼にとって窓から眺めることにあった解放感を漠然と想い出しながら、窓に寄りかかった。〔……〕以前は明けても暮れても眼の前に見える病院をいまいましく思ったものだが、それをいまやもうまったく見定めることができなかった。そしてもし彼が、閑静だが完全に都会的なシャルロッテ通り（Charlottenstraße）に住んでいることを知らなければ、灰色の空と灰色の地面が混じり合って区別がつかない荒野を、窓から見るような気になったであろう。

(D 155f.)

「完全に都会的なシャルロッテ通り」が舞台であり、したがってついに小路（Gasse）を卒業して、大通り（Straße）の登場である（シャルロッテという名称がゲーテへの、つまりドイツ文学の本流への道筋を志向してもいよう）。窓とGasse（旧ユダヤ人街の敷衍としての古き良き空間）の繋がりのようなものはもはや解体されている。なおかつ見晴らしも排除されていて、『判決』のパノラマ的な眼の浮遊は『変身』では許されない（やはりねじれている!）。

「窓から眺めることにあった解放感」は対象の側すなわち窓からの眺めにあったというより、窓から眺める行為そのもののなかにあったらしい。変身したグレーゴルが大変な苦労をして「窓の敷居」のところに這い上がるとき、問題になっているのはまさに観察における身体、抽象的な高所へと吊り上げられた身体である。[13]

『失踪者』

さらに、『失踪者』の伯父宅では、主人公カールの部屋は「六階にある」。階数のアメリカ式の数え方を強く意識してか、カフカは念入りに「下の五つの階とそれに連なる地下の三つの階」（V 54）と書いているが、ヨーロッパ式に七階であるという誤解を省こうとしているのであろう。

六階とは何か。それは、カフカの住居より一階分だけ高いということだ。カフカが参照したホリッチャーのアメリカ旅行記には、異様な高層ビルたちが写真入りで紹介されているが、カフカはつつましくわずか一階分上乗せするだけである。すると、これが限界であるというわけだ、眼と身体の分離を分離の緊張感を維持しながら扱う上で。

ホリッチャーはニューヨークのホテルの窓から見下ろしながら、「ほんとうに、もっかのところはこの街の眺めには耐えられない」と書き、「窓に背を向けて」坐り直す。しかし窓からの眺めについての叙述を簡単に放棄するわけにはいかないというわけで、懲りずに窓から顔を突き出す。しかし、「この街の姿を描写することは不可能である」となり、また窓から顔をひっこめる。そこで一計を案じて、今度は「ヨーロッパの美意識を持ち込まないと決心して、コスモポリタン的に客観的な眼球を備えた私は、顔を再び窓外へと突き出す[*14]」。窓からの眺めとのなんともコミカルなまでの格闘ぶりである。

ホリッチャーに対抗してみようとするかのように、対照的にカールは見晴らしを愛し、それが伯父に不快感を与えるくらいである。カールはすでに「コスモポリタン的に客観的な眼球」を備えているのだろうか。
「二つの通り（Straße）を見下ろすのみ」（V 55）のバルコニーは、パノラマ的な展望台といえるほどのものでもない。だがそれにしても、バルコニーと「二つの窓」がある六階というこの環境は、「小路に向かう窓」からのなんという変化であろう。どうやらまったく質の違うことが問題になっているようだ。

二つの窓とバルコニーのドアを通して彼の部屋に侵入する光が、カールを毎度驚かせた。（V 54）

この強烈な光がバルコニーの眺めへと誘う。

そしてこれらすべては強烈な光によって捕まえられ貫かれていた。この強烈な光は繰り返し繰り返し大量の対象物によって分散させられ、奪い取られ、また熱心に取り戻された。そしてこの強烈な光は、みとれている眼（betörte Augen）には非常に身体的に立ち現われた、まるでこの通りの上にすべてを蔽うガラス板が繰り返し繰り返し砕け散らされるかのように。

（V 55）

この強烈な光は、薄暗い小路のレヴェルを完全に追放し、この「教養小説*15」の前途が多難であることの予兆となる。この過剰な光は肉眼には不要な、それどころか有害なものであって、むしろ光学機器にこそふさわしい。視覚はかくて圧倒的に自律した道を進み、「みとれている眼」はほとんど光学機器として「みとれている」ことになる。カフカは光が「身体的に立ち現れ」ているとしているが、それはどういうことだろう。「身体的」なレヴェルの維持になおも執心を示している（つまり光学的な異質性を異質性のままに身体的に包摂しようとする）ということだろうか、ちょうどその跳ぶ馬の絵のように。

# II

## カフカと啓蒙——驕らずに見極めること

# 第三章　カフカのオデュッセウスの塞がれた耳

カフカ文学は「ふつう」の（しかしネガティヴな）成長発展譚、つまり素朴な主人公が自律的大人へと向かおうとする物語の奇抜な言い換えである。

前置きに、『城』の一シーンを挙げる。城の村に到着したばかりのKに対していきなり圧迫的な態度の若い役人について宿の主人がKに告げ口をする、あいつは親の威光を笠に着ているがその親だって下っ端中の下っ端にすぎないんですぜ、と。この瞬間この告げ口をした人物がKには「子供のように」（S16）見える。城の臣民たちの「権威主義的パーソナリティ」のエキスとして、子供っぽい依存性を引っ張り出すカフカは、まさに「自ら招いた未成年状態」[*1]（カント『啓蒙とは何か』）を名指すわけだ。

ところで、反抗的なKの「ナイーヴ」な「健康な理性」がかえって対抗世界の「眩惑作用を強めてしまう」[*2]とアドルノは警（いまし）める。それを百も承知のカフカの文学は啓蒙的な知のありように対してこの上なく慎重な構えなのであり、しかもそれは啓蒙を敵視するゆえではない。そこで『セイレーンの沈黙』という有名な標題で知られるテクストを精読しよう。
まずはこのテクストの全訳を掲げる。

（カフカのオデュッセウス・テクスト）

不十分な、子供っぽい手段でさえ、救助の役に立ち得るということの証明。
セイレーンから身を守るために、オデュッセウスは耳に蠟を詰め、そして、身体をマストに縛り付けさせた。似たようなことは、もちろん、それ以前からも、ありとあらゆる旅行者たちがなすことができたであろう（遠方からすでにセイレーンに誘惑されている者たちは別だが）、しかし、この方策がものの役に立たないことは、全世界に知れ渡っていた。セイレーンの歌声はすべてのものを、蠟さえも、貫通し、誘惑された者たちの情熱は、鎖もマストもものともせず破砕したことであろう。そのことについてしかしオデュッセウスは考えなかった、ひょっとしたら聞いていたかもしれないのだが、掌いっぱいの蠟と、鎖の束とを、彼は完全に信用し、これらの手立てを無邪気に喜び、セイレーンに向かって行った。

さてセイレーンは、歌声よりももっと恐ろしい武器を持っている。つまり沈黙（Schweigen）である。セイレーンの歌声には打ち克てもその黙り込み（Verstummen）にはかなわないということは、あったためしはないが、考えられなくもない。自分の力でセイレーンに打ち克ったという感情と、その感情から生じる何もかも引き裂いてしまう驕りに対しては、この世の何であれ太刀打ちできないのである。

そして実際、これらの凶暴な歌姫たちは、オデュッセウスが来たとき、歌ってい、なかった。この敵には沈黙しか有効ではない、とセイレーンが思ったのであれ、蠟と鎖のことしか考えないオデュッセウスの表情の幸福な様が、セイレーンにありとあらゆる歌を忘れさせたのであれ。

オデュッセウスはしかし、言うなれば、セイレーンの沈黙を聴かなかった、てっきり歌っているものと、首尾よく歌声が耳に入らないだけだと、彼は思っていた、まず、ちらっと、セイレーンの喉のうねり、深い呼吸、涙でいっぱいの眼、半開きの口、を彼は見た、が、しかし、これは彼の周りで響き始めている（erklangen）が聞こえない（ungehört）アリアを歌っているせいである（gehöre）と、考えた。まもなくしかし、すべては、遠くへと向けられた彼の眼差しから滑り離れて行き、セイレーンは、オデュッセウスにとってまぎれもなく消滅してしまい、そして、まさにセイレーンに最も接近していたときに、もはやセイレーンのことは念頭にはなかったのである。

セイレーンはしかし、かつてなく美しく、首を伸ばし、身を翻し、恐ろしい髪の毛を風になびかせ、蹴爪を岩の上に剝き出しにし、もはや誘惑しようとはせず、ただオデュッセウスの大きな両眼からの照り返しを出来るかぎり長く捕らえようとしただけである。

セイレーンに意識というものがあるのなら、そのとき破滅させられたであろうが、しかしセイレーンはそのままの姿勢を保ち、ただオデュッセウスの方のみが逃れ去って行ったのである。

ところで、ここにさらに付録が語り伝えられている。オデュッセウスは、非常に策に長けていて、たいへんな狐で、運命の女神でさえ彼の内心をつきとめることができなかったとのこと、ひょっとしたら（vielleicht）彼は、これは人間の理解力ではもはや摑めないのだが、実際のところ気付いていたのかもしれない、セイレーンが沈黙していることに、そして、セイレーンと神々たちに、右記のようなみせかけの行為をただいわば盾として差し出しただけだった（のかもしれない）。


（N 40ff.s）

＊

『セイレーンの沈黙』というこの標題はじつはブロートの手になるもので、したがって、この編者によるあまたある改竄のひとつがここにも存在するというわけだ。カフカの元のテクストに標題がないこと自体を或る種の「沈黙」として重く受けとめることも可能だが、そうすると、『セイレーンの沈黙』という作品の名を気軽に口にするだけで私たちはたちまち、既定の不正確なカフカ理解の水準に堕ちていることになる。じつに不便きわまりないことである。作品をうかうか名指すことさえできぬとは。だが、こういう不便さにいちいち立ち止まって細かく厳密に検証することが、今後のカフカ論になお残された領野であるのは言うまでもない。

ここに必然的に加わる課題は、ホルクハイマー／アドルノの『啓蒙の弁証法』[*3]が描き出して見せたオデュッセウス像とカフカ版のそれとの違いに新たに分け入ることである。その際、啓蒙的理性の赴く袋小路の強調として理解されがちな[*4]『啓蒙の弁証法』に公平に弁証法的な光を当てる一方、カフカ理解においては弁証法的なものの混入を注意深く斥けることにする、若干こみ入っているが。

## 1 「驕り」という他律性

### 権力関係の外部はあるのか

まずベンヤミンを経由する。ベンヤミンの有名なテーゼは、カフカの「オデュッセウスは神話と童話を分離する敷居に立っている」、そして、「童話は、神話暴力に対する勝利についての伝承なのである」[*5]。そのカフカ論において童話を媒介に「勝利」を口にしてみせたベンヤミンは、別の箇所でも、童話は「神話が人間の胸に押しつけた悪霊」を「振り払う」手掛かりであり、「神話的世界の暴力に策略と無鉄砲さで対峙する」[*6]と書く。

ベンヤミンの魅力に引き回されないように少し身構えてみよう。彼はここでは幾分神話の外部へと誘惑するかのようだが、そのような外部はあるのか。『啓蒙の弁証法』はそういう外部への誘いを極力注意深く取り除こうとしたのだが。

困難な状況を切り抜ける秀抜な策略をカフカに見ようとする意図[*7]は、ひとつの積極的なカフカ像を提出するかにみえる。けれども、或る策略によって難局＝権力・暴力関係の外へ出ることができるかもしれないとは、場合によっては有害な誘いでもあり、もとより、それを知らないカフカではない。有害な誘いでもあるというのは、敵（権力関係）はじつはわが胸にあり、したがって絶対にその外には出られない[*8]からである。外に出られるという思いは、そういう事情から目をそらすだけである。したがって、既述のように例えば『判決』における扉の不在は、父との権力関係から逃げられるような外部というものを取り払った結果である。

そしてまたこうも言えよう、策略を使って首尾良く難局を切り抜けるしたたか者は、同時に、まさに自分が苦しんだ息苦しいシステムを再び紡ぎだしてしまうような抑圧者でもあり得ると。この点、そもそも階級関係から目を離さないのが『啓蒙の弁証法』であって、そこでは雇用者として「命令を下すだけの自己」[9]たるオデュッセウス像が、描きだされている。

ホメロス版における、耳に蠟を詰められる部下たち（つまりオデュッセウスのみが魅惑の音楽を耳にする）が、カフカ版においては不在であることに触れない者はいないが、これにはもちろん理由がある。通常まさに権力関係の囚われ人という様相を呈するカフカにしては、オデュッセウス譚における例外は非常に目立ったことだからである。どうしても未練が残るとばかり、カフカ版は権力関係を欠くのではなくヘーゲルふうの主と奴を一体化したものなのだ（つまりカフカのオデュッセウスは主と奴の二役を演じているのだ）という論[10]まである。

いずれにせよ私たちとしては、権力関係はやはりこの場合もさりげなく描かれているということに注目しておく。それは「させた」という使役助動詞 lassen の存在である。

セイレーンから身を守るために、オデュッセウスは〔……〕身体をマストに縛り付けさ

せた。（N 40）

カフカは権力関係を描いていないのではなく、権力関係の主題の重点を少しずらしたのである。どのようにか。

## 『啓蒙の弁証法』

たいへん奇妙なことに、『啓蒙の弁証法』にはカフカのオデュッセウス・テクストについての言及がないのだが、その外的な理由[*11]を凌駕する内的な理由を想定することは不可能ではない。カフカ版におけるあからさまなる権力関係の不在という既述の事柄ももちろん無視はできないが、さらに、オデュッセウス像の違いがある。

『啓蒙の弁証法』のオデュッセウスは、「市民的個人の原像[*12]」で、いわば実直なサラリーマンタイプである。したがって無茶はせず、「諦念」をわきまえ「耐え忍び、断念しなければならない[*13]」。度外れな欲望こそが敵なのであるから、「不断に自分を克服する自己[*14]」であらねばならず、その結果、「自己損傷」すなわち「自己保存のために自分自身に対して加えた数々の打撃のあと[*15]」が生々しい、とまで言われる。

それに対して、カフカ版オデュッセウスは、およそ「無邪気」で子供っぽい。「掌いっぱいの蠟と、鎖の束とを、彼は完全に信用し、これらの手立てを無邪気に喜び、セイレーンに向かって行った」(N 40)。オデュッセウス像をいわば脱臼させるカフカ版にかかずらっていると、『啓蒙の弁証法』の立論の同一性があやしくなるというところだろうか。

ところでカフカ版の次のような機微に分け入ることができるのは、『啓蒙の弁証法』だけである。

セイレーンの歌声はすべてのものを、蠟さえも、貫通し、誘惑された者たちの情熱は、鎖もマストもものともせず破砕したことであろう。(N 40)

自分の力でセイレーンに打ち克ったという感情と、その感情から生じる何もかも引き裂いてしまう驕りに対しては、この世の何であれ太刀打ちできないのである。(N 40)

この二つの巨大な衝動は、「情熱」や「感情」の範疇で合一するかのようだが、厳密には正反対のものである（そのような厳密なアプローチがまず必要である）。つまり、前者が「誘惑」に屈して啓蒙から逃亡する衝動であるのに対して、後者は逆に、啓蒙の勝利を確認し勝ち誇る衝動である。この区別を明瞭にした上で、両者の内的な関係を探らなければならない。

前者。セイレーンの誘いは、「過ぎ去ったものの中へ自失することへの誘い」[*16]であり、その誘いに乗ると、文明と啓蒙からの自暴自棄的な逃亡となる。その結果、文明と啓蒙は、「恐るべき自然の復讐」[*17]に遭遇する。

後者。もう一つの危険、セイレーンの誘惑に打ち克った者を襲う「驕り」は、啓蒙の勝利の自覚が制御不可能なまでに昂揚してしまうことである。「自律性」を本質的な特長とする啓蒙（「自分の力で……打ち克った」）が、まさにそれゆえに、壊滅的な「他律性」に引き渡される、なんと皮肉な。自律性のこの暴走がカフカ版の特性である。

前者（啓蒙からの逃亡）と後者（啓蒙の勝利の驕り）の二つの統御し難い衝動の差異をいったん明瞭に把握した上で、今度は、この両者が同一の過程において表裏一体となっている事情に眼を向けなければならない。つまりこういうことである。大いなる誘惑と対峙する克己はつねにその反動（放縦・野蛮）を構造的に抱え込んでいること、そして、たとえ強制的な自己同一性が成果を得ることがあってもまさにその勝利の自覚の際に皮肉にも「驕り」という自己破壊をおこすこと。このような分析を『啓蒙の弁証法』が可能にするのである。

勝利する啓蒙がどうしても思い上がってしまうこと、「驕り」が最大の敵である。すなわち「自律的な主体という幻想」が生んでしまう不用意な振舞い（他者の破壊）は「自らの破壊」[*18]である。したがって、カフカのオデュッセウスは、「勝利に気付くことなくセイレーンたちに勝利しなければならない」[*19]。つまり勝利には関心のない勝利でなければならない、否、もはや「勝利」ということではない、「なんとかなった」「切り抜けた」[*20]という程度のものでなければならない。

カフカは重点をあからさまな外在的な権力関係から、より見えにくいゆえに逃れ難い「驕り」という内在的な他律性のメカニズムへとずらしたのである。

## 2 二項性をすり抜ける

### 文明対文化

カフカのオデュッセウスは、ホメロス版とはちがって、セイレーンの歌声に興味を持っていない。なんの未練もないかのように自らに耳栓をする。耳に蠟を詰めるというこの方策そのものにこそ無邪気に喜びを見出しているように見える（騒音嫌いのカフカは耳栓の愛好者であったことはよく知られている)。したがってここには欲望の「断念」と呼べるような暗さは微塵もない。それは他律性に対抗する自律性ですらない。つまり二項性というものに無頓着である。『啓蒙の弁証法』によれば、セイレーンの「誘い」すなわち「過ぎ去ったものの中へ自失することへの誘い」に対する「諦め」や「断念」である文明は、いわば諦めきれない立場を芸術に残す。「セイレーンたちの誘惑は中和されて、たんなる瞑想の対象に、芸術になる」[*21]「支配者たちは、享楽を〔……〕毒のないものにし、高次の文化のうちに保持しようとする」[*22]。根源的な生々しい欲望を喚起するものが「中和」され昇華されて芸術(「高次の文化」)になるというわけだが、この「高次の文化」たる芸術に過大な役割が課されがちなのは周知のところであり、ここに文明対文化という二項対立の構図が密輸入[*23]される可能性がないとも言い切れない。そのとき芸術についての統合的・弁証法的な思考(「美学」イデオロギー)がしばしば文化の側に付いて「超克」[*24]の原理となり、啓蒙的近代の否定面を易々と乗り越えると称する。

文明対文化という二項対立に関して、一つの妙に目立った文献を呼び出してみよう。ラートという学者は『啓蒙の弁証法』に立脚して、ホメロスのオデュッセウス譚は進歩した「文明」による啓蒙的・侵略的な「植民地主義的視点」で語られているとし、「それに対してドイツの童話は、控えめな、地に足がついた、生産的な階級によって語られたのである」[*25]などと「ドイツの童話」の話題を挿み(つまり特殊ドイツ的な「文化」の立場に肩入れし)、そしてカフカ版オデュッセウスの話題に繋ぐ。曰く、ホメロス版からの「視点の転換」があるカフカ版の語りは、「下から」の「弱者」の視点でなされているのだ、[*26]と。

たいへん問題な見解である。挿まれた「ドイツの童話」の話題は不要であるだけではない、イデオロギー的である。グリム兄弟さえ登場しそうなこの文脈からすれば、カフカがヘルダーばりの文化相対主義者として呼び出されているのではないだろうか。そして、自らの立場は植民地主義ではないという主張は、フィヒテのかの「ドイツ国民に告ぐ」にもある。[*27]ホルクハイマーとアドルノがぎりぎりのところで踏みとどまっているロマン的な道筋をエピゴーネンはいとも簡単に辿ってしまう。

カフカのオデュッセウス・テクストはそんなイデオロギー的なヤヤコシイ道を行きはしない。すり抜ける。

## 「不気味なもの」

さて、セイレーンという「不気味な（unheimlich）もの」が実体的に存在するのではなく、もともと「慣れ親しんだ（heimlich）もの」でありながら、抑圧され姿を変えたのだとしたらどうだろう（かつては親しかったが文明により抑圧され「過ぎ去ったもの」としてのセイレーン）。これは周知のフロイトの論法である。

さてフロイトの論述自体に或る混乱があり、この混乱そのものが興味深い問題の所在を示している。フロイトは混乱を耐え抜く思考（二項性を無化すべく）を敢行しているのである。端折って結論を述べるならば「慣れ親しんだ」の heimlich が「隠された」→「危険な」→「不気味な」という意味にも辿り着くとき、驚くべきことに heimlich と unheimlich の語義は合致するのである。[*28] そうするとまさに Heim（家）という一見もっとも親しきものにそもそも恐怖を催させるものが隠れていることになる。なんというカフカ的な話なのだろう。

ここでなされているのは un- という「抑圧の刻印」[*29] に纏わる二項性（un- の付かないものと付くものの対立）を揺り動かすことである。un- という単純明快に見える分節こそを俎上に載せなければならない。

カフカが空洞化してみせるのは、以下の「物語」である。セイレーンという不気味なものは、ロゴスによりミュトスと名指されるとき、文明という家（Heim）にそぐわない un-heimlich な神話的怪異として排除される。というのも文明は内の結束を強めるために、たえずその外部を作り出すからである。Heim への帰還という文脈（オデュッセウスはまさに家に帰るところである）では、帰還の邪魔をする un-heimlich なものが用意されなければならない。家に帰るという特権的な欲望が un-heimlich なものを駆逐するとき、家＝文明の同一性が強力に確証される。長き不在のあとの帰郷ということがじつはこの同一性の再確認になり難い（つまり文明の不死身の同一性は仮象にすぎない）のは、カフカ自身の『帰郷（*Heimkehr*）』[*30]というテクストにも明らかである。だからこそ帰郷の障害となるようなun-heimlichなものを駆逐するスペクタクルが不可欠で、帰郷の際のあらゆる違和感が、それによって暴力的に蔽い隠されなければならないのである。文明のこの輝ける同一性の勝利という物語の横を、しかし、カフカは何食わぬ顔で通り過ぎてみせたのであった。

セイレーンは複数形であるが、カフカにあっては特にフェリース・バウアーを直接の指示対象とすると目される。[*31]彼女への最後の手紙の一週間後（一九一七年十月二十三日）に、私的な表現でもあるこのオデュッセウス・テクストが生まれた。そうすると、カフカのオデュッセウスにとってセイレーンたちが「不気味」なのは、彼女たちがheimlichだからこそである、すなわちHeim（家）に敵対するどころか、まさに婚姻のHeimを要求するからでもある。外部へと誘われないだけではなく深刻な克己的断念もしないオデュッセウス。カフカのオデュッセウスの「無邪気さ」は「倒錯的快感」と名付けられるべき窮余の欲動である。反抗しない、欲望しない、二項対立の誘いに乗らない。自らの喀血がフェリースとの絶縁の口実となるカフカと[*32]『快感原則の彼岸』において「死の欲動」という新次元を導入した後期フロイト[*33]との親近性は暗示にとどめる。私たちの関心は二項性をすり抜けることであるから、「死の欲動」が外圧の結果ではなく内在的なものであることに注目すればよい。[*34]

## 3 presentを「現前」させない

### 無題であることの意味

さてカフカのオデュッセウス・テクストは、説話論的に辻褄が合っているとはとても言えないはずである。なのにうまくいったというのは何か。しかも問題は、うまくいった話そのものを前提としてしまうことが再び神話化を招くことにあるだろう。カフカ版の策略ならざる策略は、神話に対する勝利（ホメロスの叙事詩の勝利）そのものを変改する策略であり、それは策略がうまくいった話（啓蒙の勝利の物語）を根元から破綻させる。カフカ版は神話に対する「勝利」でもなければ、啓蒙を乗り越えているわけでもない。ここには乗り越えはない。

以下、ブロート版が多々加えている改竄を見据えつつ、細心の注意を払ってテクスト（批判版 Kritische Ausgabe）と取り組むことにする。

批判版すなわちカフカの元のテクストには標題がついていないが、この無題であることを不完全であるとみなし、標題を与えるとき（ブロート版では周知のように『セイレーンの沈黙』）、不可避的にそれがひとつの強制力となり、テクストを新たに組織化してしまうことになる。

標題の重大な機能は「先説法[*35]」にある。つまりそれは受け手にあらかじめ物語のポイントを示す。しかし語りの効果のためには、ポイントが隠されなくてはならない場合もあるだろう。カフカのセイレーンが黙していることは、前もってあからさまに提示されるようなことがあってはならない。カフカのスリリングで微妙きわまりない叙述技術はそれを許さないはずである。これについてはのちに再度触れる。

不十分な、子供っぽい手段でさえ、救助の役に立ち得るということの証明。

(N 40)

この文の末尾はピリオドで、「証明」とだけ言って投げ出されている（これがほんらいのカフカ原稿に忠実な批判版である）。これをブロートはコロンに変えることによって、以下の叙述において「証明」するという約束（批判版がしていない約束）を明確にしている。もうそこに逸脱がなされていることになる。避け難いこの逸脱のせいで、「証明」の約束が読者に「期待」させる「信じる値打ちのある物語」が「パロディ」になってしまうと評されたりする。[*36]

## 交換関係を現前させない

さていきなり次の叙述である。

セイレーンから身を守るために、オデュッセウスは耳に蠟を詰め、そして、身体をマストに縛り付けさせた。（N 40）

カフカ版の変更点がまず冒頭に提示される。カフカのオデュッセウスは自らの耳に蠟を詰めるという重大な変更点が、それ相応の目立つ位置に配置される。

絶対的な難題は逆さまの贈与、怪異の側からの贈与である。一方的な無償の供与にあらず、「贈与」となると贈与交換という交換関係に入り、必ず債務を発生させる。

デリダ曰く、「贈与が現前するやいなや、そしてそれが贈与として識別され、認知されるやいなや〔……〕そうした認知の契機が、逆説的にも贈与を廃棄[37]」する。つまり一般的に、贈与が贈与として意識される瞬間に無償の贈与ではなくなる。

セイレーンの歌が現前してはならない。超越的な実体あるいは本質が「声」として現れ出るなどとは、まさに悪しき「現前」そのものではないか。プレゼント（present）がプレゼントになる（現前する）瞬間に無償のプレゼントでなくなる、すなわちギフトGift（毒）に変わるから、なんとしてもプレゼントの「現前（presentation）」を防がなくてはならない。贈与のうまい話に耳を貸してはならない。

オデュッセウスとセイレーンの絡みを「コミュニケーション」のレヴェルで扱おうとする試みもあって、例えば、ここには「もはやコミュニケーションがない」[*38]などと言われる。しかし共生へのコミュニケーションという重大なテーマに本気で取り組む気があるならば、セイレーン相手に「コミュニケーション」があればすぐさま一巻の終わりである事態にまずきちんと躓（つまず）かなければならない。安易な「コミュニケーション」レヴェルのアプローチの方法そのものに根本的な錯誤があって、そもそも交換というものが呪われているという認識がここには欠如しているのである。市民社会の根幹である交換原理が、犠牲（お供え）などを起源にする怪しきものであるのは、『啓蒙の弁証法』が指摘する通りである。[*39]

## 無限化する相対化

カフカのオデュッセウスの方策について。

似たようなことは、もちろん、それ以前からも、ありとあらゆる旅行者たちがなすことができたであろう（遠方からすでにセイレーンに誘惑されている者たちは別だが）、しかし、この方策がものの役に立たないことは、全世界に知れ渡っていた。

（N 40）

まず方策の可能性の全域を示してみせ（「ありとあらゆる旅行者たちがなすことができたであろう」）、すぐさま「遠方からすでにセイレーンたちに誘惑されている者たち」は除外されるという制限（不可能性の強調）が加えられている。そしてこの方策の無効性が次の瞬間一挙に無条件なものにまで高められる（「しかし、この方策がものの役に立たないことは……」）。ところで、「遠方からすでにセイレーンたちに誘惑されている者たちは別だが」という除外の部分は批判版では括弧に入れられ、文字通り除外され、読みやすくされているのに対し、ブロートは体裁を整える目的からか括弧を取り払う。すると、このほうがより面白く、ブロート版のとりえである。条件文や副文の類が、主文を限りなく侵食するのが、カフカの持味なのだから。

セイレーンの歌声はすべてのものを、蠟さえも、貫通し、誘惑された者たちの情熱は、鎖もマストもものともせず破砕したことであろう。

歌声が「すべてのもの」を「貫通」するのだから、蠟の耳栓は役に立たないということ、これは直説法の過去形である。ところが、「破砕したことであろう」の方は、接続法第二式である。大切な事実認識、前提がぼかされている。ぼかされているからカフカ版は存立可能なのである。なお、「ものともせず（mehr als...）」という比較級は曲者であって、構文的に上のまた上という鬩（せめ）ぎ合いの動態をテクストに仕掛ける。これを、無限化する相対化とでも呼んでおく。（N 40）

そのことについてしかしオデュッセウスは考えなかった、ひょっとしたら聞いていたかもしれないのだが、（N 40）

鎖も蠟も役には立たないという大切な前提について「考えなかった」ではまったく済まない（オデュッセウスが「考え」ようと「考え」まいと、鎖や蠟の耳栓が無意味であることは宣言されている）し、アイロニカルにその逆（じつは考えていたのではないか、という深読み）へと誘うのだが、そのアイロニーを和らげるためであるかのように、「ひょっとしたら聞いていたかもしれないのだが」と続く（「考えなかった」という直説法の過去形への信頼は、ここでも次の瞬間に侵食される）。ブロート版は「ひょっとしたら聞いていたかもしれないのだが」の後にピリオドを打つが、批判版はコンマである。つまり間髪を入れずに、次の「掌いっぱいの蠟と、鎖の束」にたいする「完全」な「信用」に繋いでいる。というのも間があくと、方策の有効性への疑念が強く浮上してしまうからであって、この論述のサーカスは「完全」になされなくてはならない。

掌いっぱいの蠟と、鎖の束とを、彼は完全に信用し、これらの手立てを無邪気に喜び、セイレーンに向かって行った。（N 40）

「完全に」信用し、「無邪気に」喜ぶというのは、アイロニカルにその逆を絶妙に孕みつつも、それを蔽い隠していなければならない。

ところで蠟と鎖を両方使用するカフカ版は、じつはどちらの手段もお互いの無力・無意味を映す鏡である（蠟と鎖は相殺する）ことを、自白しているようなものである。これはもちろんまったく破綻した話[*40]であるが、まさにこのやみくもの装備固めになにがしかの「神話的恐怖」、つまり「啓蒙は神話に対して神話的恐怖を抱いている」[*41]、が映っているとも言える。これがカフカのオデュッセウスの天真爛漫さの裏面なのだ、じつは怯えている！　凄いことである、表面上は怯えを完全に被い隠す天真爛漫さであるとは。

　論理上は内的に破綻しているカフカ版にとって最も重要なことは、策略が成功した話そのものよりも、語り方である。ただし、この「語り方」は単なる形式ではない。内容的なものと生々しい格闘を繰り広げる形式である。この格闘が現在形という破れを生む。

## 4　現在形による破れ

説話の綻び
「子供っぽい手段」を「完全に信用し」かつ「無邪気に喜んだ」からこそ、カフカのオデュッセウスは、まさに奇跡的に、まったく勝ち目のない勝負を耐え抜くことができたということなのだが、確たる「証明」にはなっていない。
「証明」はなされていないだけではない。そもそも「証明」というレヴェルにおいて、うまくいった話の蒸し返しがなされる。なぜうまくいったのか、考えれば考えるほどわからない、というわけである。オデュッセウス・テクストの後少し経ってプロメテウス・テクストが書かれていて、「伝説は説明できないものを説明しようとする。それは一つの真実の根底（Wahrheitsgrund）から由来するので、またしても説明できないものの裡で終わらざるを得ない」（N 69）とある。「一つの真実の根底」という生きられるしかない実体的レヴェルは、「説明」や「証明」を無効にする。

不十分な、子供っぽい手段でさえ、救助の役に立ち得るということの証明。

（N 40）

「証明」という単語で始まり、それに付加される副文は現在形（「救助の役に立ち得る」）である。証明の現在形はあれこれ推理するレヴェルには終わりがないということを意味し、そのとき、過去形によって閉じられるはずの説話に綻びが生じる。『啓蒙の弁証法』には、「遠い過去の出来事」として物語ることが「自由の輝き（Schein）」を生み、「文明はもはや決してその輝きを消し去ることはなかった[*42]」とある。説話の過去形は過去の事象に対する語りの優位の現れなのである、たとえこの「輝き（Schein）」は「仮象（Schein）」にすぎないという反面を併せ持つにしても。それに対して現在形の語りはどうだろうか。

過去の事件性の反復
突然現在形がぬっと顔を出す。

さてセイレーンは、歌声よりももっと恐ろしい武器を持っている。つまり沈黙（Schweigen）である。（N 40）

恐るべき現在形である（が、内容的にはパラドキシカルなユーモアを備えてもいる）。まるでセイレーンが神話的な過去の枠から出て現実に今も無傷で生息しているかのようである。語りを現在形（present）が乗っ取り、神話的現前（presentation）の恐怖を惹起する。
説話の語り手は、ほんらい、物語ろうとする過去の話をゆうゆうと支配して、「自由に」効果的に変形しさえする。しかしカフカのオデュッセウス・テクストの現在形は、説話の「自由の輝き」には縁遠く、過去の事象を次の瞬間のことはわからないという緊張と共に「反復」する。現在の時点から過去を意味づけて統括するのではなく、過去の迷える時点そのものに身を移し置く。つまり、「証明」というメタ言語の装いにもかかわらず、過去の事象に対する安全なメタ言語的距離を放棄する。[43]

「『オデュッセウスのみが』セイレーンから逃れたのだと、テクストは小声でしかし明瞭に告げたがっている」[44]とマッテンクロットは鋭く読む。ほかならぬこのオデュッセウス一人が例外的に助かった話をその単独性・事件性において「反復」すべきであるのは、「もし過去を必然的なものとして観察したら、それが実際に起きたことなのだということを忘れてしまう」[45]（傍点引用者）からである。言い換えるなら、「説明」や「証明」のメタ言語は、原因と結果の転倒なのであって、あとからの捏造にすぎないのである。

## 続・無限化する相対化

その歌が「すべてのもの」を「貫通」するのだから、「もっと恐ろしい」武器などはないし、またその必要もないはずなのに、こういう比較級にカフカは活路を見出す。絶対性を強調するための比較表現は、明白にアイロニカルに絶対性の堤を崩す。比較表現は必然的に相対的な局面を切り開き（既述の通りこの相対化の運動は無限である）、その結果、蒸し返され得ない話など一つもないということになってしまい、まさに宙づり（サスペンス）の効果を発揮する。

セイレーンの歌声には打ち克ててもその黙り込み（Verstummen）にはかなわないという
ことは、あったためしはないが、考えられなくもない。

（N 40）

どうしてもここでパラドックスの冴えを披瀝しておきたいとばかり、「歌声には打ち克てててもその黙り込みにはかなわない」となる。ここにSchweigen（沈黙）ではなしにVerstummen（黙り込み）を使用すること（これをブロート版はSchweigenに改竄）は、おそらく非常に意図的な作業であって、論理的にSchweigenへの集中をずらすだけではなく、より高いレヴェルを密輸入しているのである。すなわち、「Stummheit（黙していること）は完全性の属性の一部である」（N 50）という叙述がオデュッセウス・テクストの一ヶ月後のノートにみえる。*46 あるいは「天は黙し（stumm）、黙す者（dem Stummen）にのみ反響」（N 58）といった叙述もある。Stummやverstummenのレヴェルが、Schweigenのそれとはちがった高邁さを帯びている。「完全性」と関係あるのだから。「完全性」という話は刺激的だ。カフカのオデュッセウス（こちらも黙している）の演技の完全性。なお、Stummfilm（サイレント映画）の連想も、後述するように重要である。

弁証法

自分の力でセイレーンに打ち克ったという感情と、その感情から生じる何もかも引き裂いてしまう驕りに対しては、この世の何であれ太刀打ちできないのである。

(N 40)

またも現在形であり、それは、勝利による「驕り」の現在と重なる。この現在の猛威は一切を忘却させるほどである。

カフカのオデュッセウス・テクストはセイレーン問題の「太刀打ちできない」アポリアを弁証法的に乗り越えたわけではない。乗り越えるというかたちではなく、前述したように「すり抜ける」。

それに対して『啓蒙の弁証法』は、弁証法に大いに未練を残しているどころではなく、たとえネガティヴなものであろうと弁証法そのものであろうとする。それは、啓蒙の「二者択一」[*47]つまり非弁証法的な一面性や、啓蒙的主体はヘーゲルの「主と奴」の「主」の非弁証法的な性格(「命令するだけの自己」)に似ることなど[*48]を、啓蒙の欠陥として指摘するだけではない。『啓蒙の弁証法』はさらに、「ニーチェはヘーゲル以後に啓蒙の弁証法を認識した数少ない一人であった」[49]と言い、啓蒙の「二重性格」[50]すなわちその肯定面・否定面の両面に通じているニーチェを、否定面だけを強調する単純な「文化ファシスト」[51]から区別している。「二重性格」を探る弁証法は、啓蒙の肯定面をも視界に捉えて離さず、したがって、アドルノの『カフカ覚書』においては積極的に「啓蒙主義者」カフカが強調され[52]、そのとき「自らの『啓蒙の弁証法』をカフカに乗り越えさせようとするアドルノ」[53]が居る、というわけだ。

ところで、ニーチェやカフカに対する「弁証法的な」アプローチは貴重である反面、馴致されざる驚異の対象を平準化・凡庸化してしまう危険が付いてまわる（それを知らないアドルノではないはずだが）。カフカの語りの運動にとっては、「啓蒙主義者」の枠組みはやはりいささか窮屈すぎるであろうし弁証法的なものも究極のところ「贋の運動」[54]（ドゥルーズ）でしかないだろう。

## 5　沈黙を聴かない

### 読者を弄ぶ

さてこのテクストのクライマックスであり、この書き方が巧妙である。

そして実際、これらの凶暴な歌姫たちは、オデュッセウスが来たとき、歌ってい、なかった。この敵には沈黙しか有効ではない、とセイレーンが思ったのであれ、蠟と鎖のことしか考えないオデュッセウスの表情の幸福な様が、セイレーンにありとあらゆる歌を忘れさせたのであれ。

（N 40f.）

「そして実際、これらの凶暴な歌姫たちは、オデュッセウスが来たとき、歌ってい、なかった（Und tatsächlich sangen, als Odysseus kam, diese gewaltigen Sängerinnen nicht）」と最後の否定詞に到達するまで――読者の耳にはすでに歌声は響き渡っている――わざと遅延させる。副文を挿み、セイレーンを形容詞つきで（「凶暴な」）、まさに歌う者たち（「歌姫たち」）と呼び替えたりして、そのあげく期待をはずす。だからブロート版の『セイレーンの沈黙』という標題の「先説法」はこのスリルを奪ってしまうということを、ここで念押ししておく。

ところで直説法の過去形で「歌ってはいなかった」と断言されている。この断言に沿って行こう。間髪を入れずに（ブロート版のピリオドに対して批判版はコンマである）語り手がなす解釈「……であれ……であれ」に、読者は足を取られないようにして。だがこのあやしげな解釈例の充実がカフカ文学なのだ。ふたつの解釈例の後者（「オデュッセウスの表情の幸福な様が［……］であれ」）は、誘惑者が誘惑されている、[*55]という事態である。

オデュッセウスはしかし、言うなれば、セイレーンの沈黙を聴かなかった、てっきり歌っているものと、首尾よく歌声が耳に入らないだけだと、彼は思っていた、（N 41）

オデュッセウス自らが耳栓をするというカフカ版の変改の策略が、じつに天才的な表現を生んだのだ、「セイレーンの沈黙を聴かなかった」。セイレーンの歌声を聴かないことはあり得ないという前提が疎かにされるだけではない。歌わないセイレーンの「沈黙を聴いた」とはならず、「聴かなかった」と外される。セイレーンの歌が現前してはならないだけではない。セイレーンの沈黙さえも現前してはならない。「沈黙を聴いた」ならばセイレーンに勝ったという「驕り」に襲われなければならないわけで、破滅へ直行である。「沈黙を聴かなかった」とは、二重の否定の凝ったもので、会心の出来であると言うべきだろう（カフカの満足の笑みが見えるかのようである）。だから、「言うなれば（um es so auszudrücken）」という念入りなことわり書きに、カフカの込めた思いが察せられる。

まず、ちらっと、セイレーンの喉のうねり、深い呼吸、涙でいっぱいの眼、半開きの口、を彼は見た、が、しかし、これは彼の周りで響き始めている（erklangen）が聞こえない（ungehört）アリアを歌っているせいである（gehöre）と、考えた。

（N 41）

gehöre と ungehört は、無関連の言葉どうしの遊びである。つまり「聴かれた」ような「聴かれていない」ような、というぎりぎりのアイロニカルな遊びなのだ。ブロート版は元テクストの erklingen を verklingen に改竄しているが、erklingen（zu klingen beginnen 音が響き始める）と verklingen（allmählich aufhören zu klingen 音が徐々に消えゆく）の違いはなにか。後者は視点がオデュッセウス側から離れないままですでにセイレーンたちが遠ざかっていく、というふうに読める。やがて逆に視点がオデュッセウスからセイレーンへと移動していくことが重大なのに、である。

### サイレント映画

歌声の存在であるはずのセイレーンがヴィジュアルな（見られ見返す）存在へと移行する。

ホメロスにおけるオデュッセウスの「わたし」語り[56]が、カフカ版ではオデュッセウスの視点からセイレーンの視点への移行というかたちをとる。これが決定的に重要な点である。見る主体の座をずらすこと。カフカに特徴的なこの「視点の転換」を一度は画像・映像レヴェルへの転換という意味で理解することも必要になるだろう[57]。つまりキュビスムや無声映画との関連で。視覚的認識への集中は映画メディアによって革命的に昂進された（が、しかし時限付きであった）。

無声映画のスクリーンにおいてパントマイムだけでじつは黙しているセイレーンというのは、極上の出し物である！　これは、トーキー化に対抗する『サーカス』で、眠っているライオンの檻にあやまって閉じ込められたチャップリンの「シー」という身振りに匹敵する。絶対に音をたててはならないのだが、これが無声映画のなかでのことなのだ。

アドルノがカフカを演劇[58]よりも無声映画に結びつけたのも偶然ではない。曰く、カフカの小説は「無声映画の最後の字幕、いまにも消え去ろうとしている字幕」であり、「無声映画がカフカの死とほとんど時を同じくして消滅したことは、無意味なことではありません[59]」と。これは、映画メディアの二次元性へと活字文化を移して（映して）書物メディアを相対化してみせるというメディア論でもあり（アドルノ本人がそれをどこまで急進的に自覚しているかはさておき[60]）、だからこそベンヤミンも賛辞で応えた[61]のである。

ただし念を押しておくなら、もはや凡庸な話題に属すメディア交替（書物メディアのヘゲモニーの終焉）そのものよりも、黙しているセイレーンが無声映画のスクリーンに登場し得たという希有な歴史的瞬間の「反復」こそが真にアクチュアルなのである。ここでいう「反復」とは、トーキーが「第二の自然」となっている現時点から無声映画に欠性（音の不在）を感知してしまいがちな遠近法的倒錯を避けて、ひたすら眼で音の微細な表情を感じ分ける無声映画時代の観客の緊張に身を置くことである。そうして映像と音との「不自然な関係[*62]」の根源に立ち還り続けなければならない。

## 「決意」ではなく

まもなくしかし、すべては、遠くへと向けられた彼の眼差しから滑り離れて行き、セイレーンは、オデュッセウスにとってまぎれもなく消滅してしまい、そして、まさにセイレーンに最も接近していたときに、もはやセイレーンのことは念頭にはなかったのである。（N 41）

オデュッセウスの意識は、「遠くへと向けられた彼の眼差し」と共に、一挙に見事にセイレーンたちから離れていくかのようである。「最も接近していたときに、もはやセイレーンのことは念頭になかった」とは、パラドックスであると同時にきわめてアイロニカルな不知（意識しているにも拘わらず）である。ブロート版は「セイレーンは、オデュッセウスにとってまぎれもなく消滅してしまい」の箇所の代わりに「セイレーンは、オデュッセウスの決意の前に（vor seiner Entschlossenheit）まぎれもなく消滅してしまい」というヴァージョンを拾い上げるが、「決意」という自律的主体性が露出するのは、このテクストのアイロニーやパラドックスの味わいを少なからず損傷するだけではない、テクストの存立そのものを揺るがせてしまうのである。*63

セイレーンはしかし、かつてなく美しく、首を伸ばし、身を翻し、恐ろしい髪の毛を風になびかせ、蹴爪を岩の上に剝き出しにし、もはや誘惑しようとはせず、ただオデュッセウスの大きな両眼からの照り返しを出来るかぎり長く捕らえようとしただけである。（N 41）

聴覚にとっての存在であるセイレーンがまったく眼差しの対象に転じ、視覚上の誘惑の意味で「かつてなく美しく」現れる（が、オデュッセウスの眼差しはすでに「遠くへと向けられ」ている）。「かつてなく」とは比較の相対性のレヴェルのことであり、恐怖のセイレーンも視覚的には相対的な存在でしかなく、その限界は見定められ得る。

さて、「視点の転換」は、オデュッセウスに即して言えば、視線から眼そのものへの移行である。つまりオデュッセウスの眼は見る主体ではなく見られる客体になる。眼そのものとなり、見られる側に移行することによって、パラドキシカルに、誘惑する側に転じている。*64

## 6 補遺、あるいは方法としての遅れ

そしてことのついでのように触れられる。

セイレーンに意識というものがあるのなら、そのとき破滅させられたであろうが、しかしセイレーンはそのままの姿勢を保ち、ただオデュッセウスの方のみが逃れ去って行ったのである。

（N 41）

なんとセイレーンに「意識」がないのであった！　こんな大切な前提がまるで些事に過ぎないかのように、しかも終わり近くになって初めて告げられる。カフカが読者に対してとっている挑戦的な姿勢が明白になる。さて、セイレーンへの接近において行われる視点の移動は、ここで決定的に明瞭になり、去ってゆくオデュッセウスをセイレーン（と読者）が見送る側である。

さりげなく補遺の文が付いているのだが、「ところで、ここにさらに付録が語り伝えられている」の文の後は、ピリオドを入れないで（ブロート版は「ひょとしたら」の前にピリオドを打っている）、コンマだけで一息で読ませる作戦である。批判版は全体的にピリオドが少なく（本稿の訳文の句点は批判版のピリオドにのみ対応させている）、この一息で読ませるのも眉唾の手管なのだ。

ところで、ここにさらに付録が語り伝えられている。オデュッセウスは、非常に策に長けていて、たいへんな狐で、運命の女神でさえ彼の内心をつきとめることができなかったとのこと、ひょっとしたら（vielleicht）彼は、これは人間の理解力ではもはや摑めないのだが、実際のところ気付いていたのかもしれない、セイレーンが沈黙していることに、そして、セイレーンと神々たちに、右記のようなみせかけの行為をただいわば盾として差し出しただけだった（のかもしれない）。

（N 41f.）

カフカのオデュッセウスが「たいへんな狐」なのかどうかはわからない。それは決定不可能であり、またそうでなければならない。もし決定可能な程度に「狐」なら、まさにそれがあだとなり、彼はセイレーンの餌食になっているはずである。

最後の「そして、セイレーンと……」のくだりは、もはや「ひょっとしたら（vielleicht）」の影響から脱して、単なる断定の文へと移行するかのようである（「みせかけの行為をただいわば盾として差し出しただけだった」）。すべての前提をすべて引っ繰り返す。仮説というものが直接法の断定にまさるとも劣らない重みを獲得するのもまた、カフカ的な語りの運動の凄みなのである（『突然の散歩』参照）。

W・キットラーは、「カフカの補遺文（Anhang）は、始め（Anfang）のうちは黙しておいた（verschweigen）ことを告げる」[*65]などと駄洒落をとばしてみせる。すでに私たちは、標題が黙していることの必要性をみたが、それはこの補遺によっても強められることになる。情報が遅れること（この場合はオデュッセウスが「たいへんな狐」かもしれないこと）は方法的な遅れ[*66]と呼ぶべきものであり、遅れた代償とばかり今度はコンマ繋ぎによって一息で読ませて、読者に重大なことをどさくさ紛れに納得させてしまう。したがって一番の「狐」はほかならぬこの語り手に身を隠したカフカその人なのである（とはまさに蛇足であるが）。

# 第四章　晩年の大転回、『夫婦』の「母」

## 母のテーマと「私」語り

晩年に至っても「啓蒙」は片付いていない。その新展開がある。

カフカといえば父との確執が一方的に目立っていて母はいかにも影が薄い。彼の作品中でほとんど話題にならずにほぼ隠され続けた母が、しかし晩年の小品『夫婦』において急に浮上した、が、このことはカフカ論においてほとんど注目を浴びてはいない。

母のテーマを蔵したものとしてではなく、「カフカ的な」語りの好例として、選りにも選ってこの作品をバイスナー（「はじめに」の註18、19参照）は選んだのだったが、この選択は適切ではない。

典型的に「カフカ的な」語りというものが思い浮かべられがちであるが、カフカの文学航路が常に同じ語り方を追求したわけではない。幾度かの重要な変遷の機微があって、この作品の「私」語りもかなりの媒介過程を経たものである。したがって、『夫婦』における語り（形式）の「変化」の方こそを扱うべきであること、そしてそれが急浮上の母のテーマ（内容）と緊密な関係にあることを、見逃してはならない。母のテーマもまた「啓蒙」をめぐる。

さて『夫婦』は、年金取得後の、「人生で初めて何ヶ月も持続的に自分の文学的プロジェクトを推進できた」[*1]が病状も悪くて「きわめて単調な」[*2]療養生活のなかで書かれた。この作品は、鋭く奇異なカフカ文学にあって（例えば構成が似ている『田舎医者』などと較べて）一見凡庸であるが、じつはカフカ文学に新境地を切り開くような野心作でもあり得たのではないか。

こんな話である（或る商人が「私」語りで、事の次第を告げる）。

「私」は、取引先のもうかなり年配の男のところに赴いたが、まだ商談も成立していないのに、相手が死んでしまった（「私」が確かめた）。大慌ての「私」。だがそこに男の妻がやって来て介抱すると、なんと男は生き返った。「私」は、これは自分の母を想起させる奇跡であると告げながら、そそくさと辞去した。

傍線部が『夫婦』の語り方の特徴を表し、相手の男が本当に一度「死」んだのか、あるいは「私」にそう見えただけなのかといった客観的な内容については不確かなままである。前述のように、これが典型的に「カフカ的な」語り方であるとして、バイスナーによって大々的に取り上げられた。カフカの語り手は主人公に密着した「内側から」の視点で語り、読者もその視点の外に出ることはない、と。

このバイスナーの一九五一年の講演内容は当時としては「新しきものの魅力」[*3]を放った。それは、実体的な「作品内容」に武骨に直接働きかけるのではなく（武骨なる例としてW・クラフトの『夫婦』論[*4]を槍玉に上げていて、これについては後述）、形式面からカフカ文学にアプローチしようというのであった。これは、いきなり内容と直接向き合ってあれこれ勝手に論じるやり方に対する反省の重要な第一歩ではあった。

精密なカフカ研究に向けて、そもそも原典の確定が課題でありやがて一九八〇年代以降批判版[*5]（Kritische Ausgabe）が徐々に登場する。『夫婦』も遺稿のなかにありほんらい棄てられるさだめのところをブロートに救出されただけではない、彼によりほんの少し（これが大問題だ）改竄されたのだが、この改竄が批判版によって露見する。さらに、批判版はこの『夫婦』には下書き版と清書版があることを明確にするので、両者の差異に分け入るとき私たちはカフカという作家を新たに知る。その際、語り方の問題がまず目立っているが、それだけではなく、彼における「母」のテーマの意義と新たに向き合うことになる。

## 1 「もう若くはない」カフカ

### 主体／客体関係の変化

遺稿とはいえ『夫婦』には清書版が遺されており標題もカフカ自身によるもので、完成度は高いどころではない。したがってほんらいブロートの改竄の余地はないはずだが、まさにこの余地のなさが原因であろうか、閑居して不善をなすごとく、作中の「K」という人名を「N」に代えている。これについてのブロート自身によるコメントもないし、研究文献もない。*6 したがってなぜ「N」なのかは不明である、が、なぜ「K」が排除されたのかについては、推量できないわけではない。

「私」語りで事の次第を告げる商人が、取引先のかなり年配の男のところに赴くのであり、この取引先の油断ならない老人が「K」なのである。

Kとはカフカ文学（諸長篇小説）にあってはそれまで主人公すなわち息子・単身者・異邦人（Karl, Josef K., K.）のこと（とりわけ『夫婦』の直前まで書かれてついに放棄された長篇『城』の主人公のこと）であったが、『夫婦』では主人公を迎え撃つ対抗世界の人物の名である。ならばこれは根本的転回ということになる。行頭にこの人物を指す指示代名詞（Dieser）を置いていたのをKに書き換えた箇所*[7]（N 539）などは、まさに客体が主体の座を乗っ取らんばかりである。カフカの三つの長篇小説を「孤独の三部作*[8]」と命名したブロートは、「孤独」の極北を生きる主人公Kの同一性を維持する意図からであろうか、対抗世界の人名を「K以外」に改竄したのである。

カフカ自身による命名において主体／客体関係に大きな変化が起こっているのであり、したがってこれまでのように孤立した被害妄想的な主人公（主体）に一方的に重点が置かれているのではない。もっとも『田舎医者』にすでに変化はあった。『田舎医者』でかなり弱って現れる父（患者の父）は、『夫婦』ではさらに老いの度合いを強めている。

老いたるKは大柄の、肩幅のある男だが、慢性の病気のせいで、驚くほど痩せこけて、腰も曲がり、覚束なげであった。（N 535f.）

これはカフカの父ヘルマンの生々しい姿でもあって、かつての『判決』の「お父さんは相変わらず巨人だ」（D 50）と息子が覚える戦慄はここにはあり得ない。もはや父はライヴァル

図8　老いた両親と母方叔父ジークフリート（左端）、1926年

ではない。だからこそKの名は父に返還されるのだ。
息子フランツ・カフカは『夫婦』が書かれる（一九二二年十〜十一月）直前の三ヶ月ほど妹オットラのところ（プラナー）で療養中の身であったが、その間二度、病気の父を見舞いにプラハに戻り、母の献身的介護も目の当たりにしたのだった。[*9]『夫婦』はまさに「こころあたたまる」タイプの夫婦の物語に落ち着いてもいいはずのものだが、妙なことに、今度は「母」が象徴的な高みに昇る【図8】。

## 「息子たち」の終わり

『田舎医者』における語り手「私」が訪問する家族がそうであったように、『夫婦』の「私」が訪問する家族にも病める息子がいる。

『夫婦』の場合は対抗世界のみならず主体の側にも大きな変化が起こっていて、さすがに

「私」は「もう若くはない」のだが、そのことがKの息子を媒介に、間接的に語られる。

ところでこの息子はもう若くはない。私と同年輩で、病気のため少し伸び放題の短いあご髭をはやしている。（N 535）

「もう若くはない」と現在形で書かれている。現在形の「もう若くはない」はこの作品執筆時の作者自身と直接結ぶ言説であり、これはカフカの実感なのであろう。少し前まで書いていた『城』では「永遠の測量技師」（S 37）なる集大成的な人物が登場し、それに挫折したからいよいよ「もう若くはない」のかもしれない。三十九歳の、めぼしい仕事を多々産出して死期もどうやら近づいて来ている身であり、相変わらず「息子」存在ではあるが、やっと根本的に新しい段階にさしかかっている。この段階から振り返れば、かつて「息子たち」（B II 166）という標題の本を出版しようと考えたカフカは明らかに若過ぎた。

## 2　「内側から」の語りなのか

### 「先行して存在しない」語り手

さてここから本格的にバイスナーである。カフカの語りの形式を『夫婦』を例にとってバイスナーは論じた。曰く、「この物語は内側から語られている」。そしてここにある「特別なものつまりカフカ的なもの」は、「私」形式で語られる物語が「何ものをも予言せず、語り手が聞き手や読者以上に事情に通じてはいないように見える」ことにある。「語り手は、過去形で語っていても、語られたもののどこにも先行して存在しないのであり、これがこの効果の秘密である」。バイスナーは、語り手が「先行して存在しない」ことを、カフカ文学の決定的な特徴として取り出している。そして、「出来事は一面的だが統一的な観点から語られ、そのような観点にありがちでほとんど避けがたい誤謬を訂正しない」*[10]。

足早に既述の否定的なことわりを繰り返しておくなら、カフカ文学の変遷の道程を一切無視して『夫婦』から「典型的にカフカ的な」語り方を取り出すことには無理がある。そもそも「私」語り形式にしても、かつて『判決』で初めて登場した「彼」語り形式が幾年か追求された後に、短篇集『田舎医者』のかたちで再登場したものである。再登場してすでに久しい「私」はもはや素朴ではない[11]（そもそも「もう若くはない」）、非常に作為的だ。

さて、私たちはまずバイスナーの言う「内側から」の語りを、彼が何ら具体的に細かく分析しているわけではない『夫婦』に見よう。「先行して存在しない」語り手による語りをなぞるなら、必然的に時間論となるはずである。

とにかく「私」は「知らない」。この小説世界のことをほぼ何も判っていないような現在に置き去りにされている、というふりをする。「私にはわからない理由によりほとんど無くなってしまった（Kとの）取引関係」（N 534）とあり、語り手「私」が知らないことについてはついに明かされることがない。

「私」は冒頭から「一般的な」話題を、現在形で始める。「景気というものがきわめて落ち込んでいるので（Die allgemeine Geschäftslage ist so schlecht）……」（N 534）。一見、時間をゆったりと支配して、特殊かつ一回的な事象などに足を取られない普遍的な眺望であるかのような開始だが、単なる見せかけにすぎない。これがひたすら特殊で一回的な、統御不可能の事件への急変を準備しているのである。過去への優位が完全に欠落した現在形の語りが、物語の見通しや展開についての仄めかし（これをジュネットの命名にしたがって「先説法[12]」と呼ぶ）を完全に放棄する。

やがて叙述は過去形に移行する。「昨日の夕方」（N 535）が導入するのは、過去の話というにはほやほやの過去でありすぎて、回想の起点たる現在からゆったりと見下ろされた過去の話にはならない。「幸運だった、Kは在宅だった」（N 535）と、早々と「幸運」が語られるが、明らかに拙速であり、次なるアイロニカルな展開を予想させる。したがって「幸運だった」は、アイロニカルな先説法だとも言える。

さてとうとう私の番（時間）が来たと、私には思えた、というかむしろ、そんなものは来なかったのであり、ここでは決して来はしないだろう（Nun schien mir endlich meine Zeit gekommen oder vielmehr, sie war nicht gekommen und wurde hier wohl auch niemals kommen）。

（N 536）

「さて（Nun）」の改行は、下書き版でも行なわれた。下書き版では最初の改行であり、「私の番（時間）」という重大な機微が強調される。「私の番（時間）」が、「来た」と思ったが、「そんなものは来なかった」は、ダブルバインド気味で、すぐさま前言を否定する。前言（肯定が強すぎた）の補足・修正である。そして結局「ここでは決して来はしないだろう」という陰鬱な否定の推量が、新たな先説法となる。

けれども少なくとも、語り手としての「私」にはほんらい「私の時間」は十分あるはずだ。物語られる方の「私」(=物語の中で行動する「私」)にはまったく余裕が賦与されなくとも。「内側から」語る故に、語り手の「私の時間」は窮屈になる。

## 語り手「私」の外へ

ところで「内側から」の語りは本当だろうか。かなり本当、であることは認めざるを得ないし確かにカフカ文学の語りの大まかな特徴を示してはいる、が、大まかな特徴というのはとっくに、厳密なカフカ研究の役に立たなくなっている。

バイスナーは、カフカ文学における三人称についての語り(「彼(彼女)は……」形式)にあっても一人称語り(「私は……」形式)においてと同様、語り手は主人公と合体している、とまで果敢に指摘してみせて脚光を浴びた。果敢すぎたために多くの批判を誘発したこの指摘[*13]は、今となっては粗雑きわまりない。

バイスナーの有名なこのカフカ講義は、じつは現代小説における語りの「報告形式」と「舞台形式」という対立概念にも言及[*14]していて、この分析を厳密に推進すれば、カフカにあっては三人称語りと一人称語りの区別に大した意味がないなどという誇張した論への勇み足を防ぐことができたはずである。なぜなら、「私」語りの「私」は、当然ながら「報告」と「舞台」上の登場人物の二役を演じているわけで三人称語りの場合とは絶対的に違うからである。「舞台」に立ってもいる「私」は、忙しさのあまり先説法（これは報告調向きである）などもおろそかにしてしまうというわけだ。そう言えば良いのにバイスナーはそう言わない。三人称の場合と同じだと言ってしまう、三人称語りではどうしても「内側から」の原理に破れが生じるのに。バイスナーはせっかく調達した分析の道具をカフカに厳密に適用することは怠ったのである。

ヴェクトルはちょうど逆である。つまり、カフカにあっては三人称語りの場合は語り手と主人公がもちろん随所で差異化されるだけではない。一人称語りの場合でも語り手「私」がしばしば自分自身を客体化してみせる。すでに『田舎医者』の例を「見」ているのを、思い出そう。語り手「私」の「湿った髭」に「身震いをする」のは、患者だけではなくて、「私」という視点に同一化しきっていた読者もであった。

読者の身震い。主人公との同一化から切り離されるとき、読者は居心地の良い安定した立脚点を失う代わりに微妙な自由を得る。読者のこの微妙な自由こそカフカ文学の可能性の中心でなければならない。

『夫婦』の語り手「私」が自身を客体化して見せるとき、読者は語り手の外に出て情況を眺めることへといざなわれる。例えば「私」は、「立ち上がり、話している間行ったり来たりする」（N 537）のであるから、ずいぶん目障りな客なのである。その「私」が商取引上のことを「話し続けた」のだが、これは文面には現れない（もちろん現れる必要もない）。成り行きで「破格の安値」（N 538）を申し出ていることにのみ言及されるが、これが読者を襲う。「舞台」に立つ商人としての「私」が自分を統御できないということを、語り手の「私」は「報告」するのだが、読者としてはそのような「私」の窮境やあるいはまた「快感」などに対して距離を置くことが可能である。

私は、それによって生じた快感のなかで、ひょっとしたらさらに話し続けたかも知れないのである。もし、副次的人物と見えてこれまで私の関心の外にいた息子が、突然ベッドで上半身を起こし拳を脅すように構えて、私を黙らせようとしなかったなら。

（N 538）

営業活動においてかくも多弁な人物が同時にこの作品『夫婦』の語り手でもあるのは、たいへん奇異である。ほんらいそのように多弁であるはずの語り手が、この物語において先説法を渋るのだから。つまりこの語り手による読者に対する作為的「営業活動」のほうこそが透けて見えるということである。そして「副次的人物と見えてこれまで私の関心の外にいた」者によって主人公が急襲されるのは、常套のカフカ的プロットであり、「突然ベッドで上半身を起こ」す身振りは『判決』の父がそうして以来のカフカ文学の悪夢を踏襲する。語り手「私」はそのような語りのシステムの囚人であることを隠しはしない。

したがって「内側から」の語りだけがカフカ文学の特徴ではなく、語り手が手の内をさらけ出すフリをすることも含めて「カフカ的」なのであり、これは、カフカの語り手が読者と結ぶ重要な「関係」のうちのひとつである。ついでながらこの「関係」こそがカフカの小説の衝撃効果なのであって、決して衝撃的な事件そのものが「カフカ的」なのではない。これについてはさらに後述する。

## 語りの速度

さて、清書版もカフカの生前に活字化されていない以上暫定的なものにすぎず、ほんらいさらなる改稿のプロセスのなかにあったのかも知れない。そのようなプロセスをも含めた創作営為全体への根源的な理解を切り開くのが批判版の編纂の使命であるから、拙速な「完成」のイデオロギーに囚われてはならない。[*15] この点で、批判版「遺稿集Ⅱ」と並行して刊行されたTaschenbuch版が「遺稿集Ⅱ」ではなく「『夫婦』と他の遺稿集」と題されているのは、少々「イデオロギー」が露出気味であろう。編纂において「カフカ自身による標題のみを採用[*16]」したと編者が告げるのはよいが、その際カフカ自身の命名になる標題『夫婦』にいち「完成」作の標題以上の突出した役割を演じさせることになった。

とはいえ、『夫婦』の下書き版と清書版の差異はたいへん刺激的である。

語り手（Erzähler）は作者（Autor）とは区別されるが、この区別がここでは大いにものを言う。語り手の時間は「内側から」であるとしても、「完成」に向けて作者カフカが別のタイプの時間を操作する。つまり速度なのだが、下書き版と清書版の差異に分け入る私たちは、語りの速度とも関わる。したがって私たちの研究の立場は、「内側から」の視線をなぞりつつも、「速度」の点で「外側から」の視線を併せて向けるのは言うまでもない。「退屈」をいかにして作品から閉め出すべきか、とは作者の大いなる関心事である。そこで例えば時間の調節がある。

K老人の容態の深刻な変調が見られるや「私」は「素早く」動く。

素早く（schnell）私は彼のところへ跳んで行き、生気無くぶらさがった手を握ったが、それは冷たく、私をぞっとさせた。（N 539）

この「素早く……」以下の一文を下書き版ではもっと後に置いているが、ここに素早く持ってくることにしたのは、言うまでもなく、ぐずぐず見守っている場合ではないことを強調し、テクストを引き締めるためである。さらに、Kの「手」が、前頁にさりげなくわざわざ描き込まれている（下書き版にはなかったのに）のは、死を触覚的にも明瞭に確信させるこの瞬間を待っていたことになる。

その次に来る大逆転の展開を経て、商人の「私」はこの日の商取引にさっさと見切りをつけるのだが、物語内容上はほんらいその必要はまったくないはずである。物語を終わらせるのは作者（もはや語り手「私」レヴェルでもなく）の意志にほかならない。

早々に（schnell）私は今やおいとまを告げた。　(N 541)

この早さをやはり見せて、語り手は（否、作者は）急にしめくくっている。ところで、「素早く私は彼のところへ跳んで行」ったり、「早々に私は今やおいとまを告げた」りと、節目をスピーディーに導入する語り手「私」でありながら、しかし大切な例外がある。

別れ際にK夫人に対してこうある、

私は故意に特別にゆっくりとはっきりと話した。この老女は耳が遠いのでは、と私は推察したから。しかし彼女はたぶん耳が聞こえないのだろう。

（N 541）

「ゆっくりとはっきりと」は下書き版では「はっきりとゆっくりと」だった。清書版は「ゆっくりと」という速度にまず関わるのであるが、要するに緩急のめりはりを利かせるのが清書版の意向である。読者もここでは「ゆっくりと」作品の中枢に触れるべきところである。K夫人の近寄り難さの本質を、「ゆっくりと」見極めなければならない。

夫人は「たぶん耳が聞こえない」のは本当だろうか。「内側から」の語りよろしく、みごとに推量ばかりで事実なのかどうかはまったく確定できない、が、そういう語り方は別に珍しくない。「内側から」を扮装する語り手が狡いのだから、「語り手＝読者」などとバイスナー流に拙速には決して言えない。語り手が自在に読者を翻弄するのである。ソクラテス的な不知をアイロニカルにチラつかせている語り手を、読者はきちんと対象化しなければならない。それほどの成熟した読みへとこの語り手は挑発している。

## 3　隠された母の「微笑み」

### 「是認する微笑み」

語り手の狡知を自在に操るかにみえるこの作者が、しかし避けがたく馬脚を現すのだとしたらどうだろう。「もう若くはない」作者が「内側から」の語りからはみ出してしまうということ、これが以下の中心的な論点となる。

右記「語りの速度」を追ってエンディングにまで行き着いてしまった論述を、K老人の「死」にまで戻す。K老人の「死」に直面して慌てる「私」は、入室してきた夫人にさらに驚かされる。

「寝てしまったのね」と彼女は、私たちが静まりかえっているのを見て、微笑みながら頭を振って言った。そして無垢なる人の無限の信頼をもって、ちょっとした夫婦の戯れとばかり、いましがた私が嫌々握った同じ手にキスをした。そして——私たち三人はどんなにか凝視したことだろう！——Kは動き、大きな声であくびをし、シャツを着せられ、怒ったような皮肉な顔つきで、妻の優しいお小言を頂戴した。

（N 540）

大転回なのである。「静まりかえって」事態を見守っている「私たち」の列に暗黙の裡に読者も加えられ、次に生じる大事態の証人とされる。既述の、下書き版には無かった「手」の表現のあと、またしても手、「いましがた私が嫌々握った同じ手」。手を媒介に大転回。掌を返す転回。

驚愕の共同体（驚く「私たち三人」）も、ほんらい油断ならない、信用できないものであり、「私たち」の一員にされた読者は、居心地が良くない。なんといっても「無垢なる人の無限の信頼」が凄いのだが、無力な語り手は事態の説明責任を放棄するフリをしており、このことももちろん語り手の狡知に属すのである。

妻というものの大きな抱擁力を最晩年のカフカが文学的にも形象化したくなったのだろうことは、やがてなされるドーラ・ディアマントとの同棲からも、想像に難くない。そもそも標題が『夫婦』なのだから夫婦愛の一つも描かれよう。するとカフカにあってあれほど顕在的なアポリアであり続けた結婚問題に対する、これはじつに明瞭な態度表明ということになる。めでたし……

だが、もちろんそんな単純な話ではない。語り手「私」はこの小品の終わり方でK老人の妻と自分の「母」を重ね合わせるので、その際急遽「母」のテーマも浮上するのである。このとき語り手レヴェルに尽きないものすなわち作者レヴェルがぬっと顔を出す。「妻」という積年の関心事に初出のテーマ「母」が加わり、どうも後者のほうが大問題となるらしい。それはなぜなのか。

「無垢なる人の無限の信頼」の「無垢」とは、「父への手紙」(『夫婦』の三年前に書かれた)にあっては父の属性とされたもので、例えば「あなたの謎の無垢」(N 161)とあったが、いま、ほんらいの対象である「母」に向けられるのである。

ここでダブルバインドという既述の話題を挿む。子は、親の「速やかに育って自立せよ」というメッセージと「いつまでも無垢で恭順であれ」というメッセージの矛盾に引き裂かれる。『判決』の父が息子に突きつける既述の「判決文」はこの事情を赤裸々に示した。

「おまえは大人(reif)になるのを何をぐずぐずしてきたんだ!〔……〕おまえは本来無垢な(unschuldig)子供だったが、もっと本来的には悪魔的な人間だったんだ」
(D 60)

言うまでもなく「大人（reif）」と「無垢な（unschuldig）」は互いに著しく矛盾する要請であり、この矛盾が親子関係の深刻な暗部となる。ダブルバインドはG・ベイトソンの報告[*17]では特に母と子供の間に認められる症例だが、カフカの場合父との関係に集中しており、引き裂きを融和するような「是認する微笑み」を父に期待した、と「父への手紙」でカフカは書く。

あなたは、めったにお目にはかかれないにしても、とびきり素晴らしい、静かな、満ち足りた、是認する微笑みをお持ちですし、それにあずかる者はたいへん幸福になれます。その是認する微笑みが僕の幼年期に与えられたかどうか思い出せないのですが、そういうこともあったかも知れません。ならば、僕がまだあなたにとって無垢であるように見えて大きな希望であるときに、なぜあなたはその微笑みを僕にくださらなかったのでしょう。

（N 165）

「僕がまだあなたにとって無垢であるように見えて大きな希望であるときに」とは泣かせる叙述技法ではないか。

さて、『夫婦』では妻の（そして母の）「微笑み」が登場する。父に求めて得られなかった「是認する微笑み」を、いま母に見ようとする。このような「母」の「微笑み」を、カフカはなぜ文学的に回避し続けてきたのだろうか。引き裂きを融和する偉大な「是認する微笑み」の役割から、妙なことに母は外され続けてきた。

## 隠された母

母への繋がりの深さは、母方の親戚（特にジークフリート叔父！）とのカフカの親密な繋がりからも導き出すことができよう。が、このマザコン男は自分の素性を隠蔽する。

カフカ文学の母表現は、遺稿『或る戦いの手記』の中の『祈る者との始まった会話』をもって嚆矢とする。

「私が私自身によって私の人生を確信したことは一度もありません」（NS 91）

というなんとも重大な告白をする「祈る者」が語ってみせるのは、母絡みの逸話である。彼の母が「自然な調子で」（NS 91）隣人と行なう平凡な会話のありように対してふと彼は、或る根源的な違和感を覚えたのである。「母」の「自然」な調子の会話が、世間の寄り掛かっているあやふやな言葉の秩序の象徴であり、カフカ文学はそれへの強い不信の念で出発したというわけである。この不信の表現において、「母」からまさに「自然」の威力をも剝奪しているのではないだろうか。

さらに『判決』ではすでに母はすでに他界したことになっていて、父と息子の障碍なき一騎打ちの作品空間が設定される。明らかに意図的に隠されたこの母（つまり「亡き母」）はしかし父用の有力な駒として利用される。

ところでカフカ文学において例外的に重みのある母表現は『変身』にあり、例えば母の「優しい声！」（D 119）、「母に会いたいというグレーゴルの望み」（D 159）。カフカ自身のポジティヴな母体験もここに生きているのであろう。が、決して過剰ではない、むしろ慎ましいものである。母なるものの展開は、そこではあくまで「大きな不幸が起こった家庭」（D 131）の修復に向けた類型的な事例としてにすぎない。

『変身』以降、家庭の物語から広く社会的なものへと作品の舞台が移されてゆき、父親形象の強度も薄れる。つまり隠されるのは父もである。

さて、『夫婦』の母の意義とは何か。プラナーから一九二二年九月十八日にプラハに帰ったカフカは、その後の自身の危機的状況のなか母から（孫が嫉妬するほどの）手厚い看護を受けるというのが『夫婦』の実生活上の環境であり、この母が一九二二年から二三年にかけての冬に大手術を受けるのである。*18

『夫婦』でも母はまずは隠されて登場する。夫の着替えを手伝うべく「毛皮を取り上げ、それにほとんど隠れてしまって、彼女は外に運び出した」(N 536)。さらに最後にまた隠される。「母を私は幼年期に失いました」(N 541) とあり、『判決』以来の隠し方がここにも登場する。「父への手紙」において、母は父の持ち駒であり「勢子」として、離反しようとする子供たちを父の圏内へと送り返す役割を演じた、と明言される。この有名な箇所を念のため再確認しておこう。

お母さんが僕に限りなく良くしてくれたのは本当です。しかしそんなことも僕にとってはすべてあなたとの関係、つまり良くない関係のためだったのです。お母さんは無意識的に狩りの勢子の役割を演じていました。あり得なかったことながら、あなたの教育が、僕の反感や嫌悪や憎悪を引き起こすことによって僕を独り立ちさせ得たのに、そのときお母さんは優しさによって僕を慰め、理性的にさとし――お母さんは幼年期の混乱における理性の原像でした――とりなしをして、元通りに修復し、僕をまたあなたの勢力圏へと送り返したわけです。それがなければ、あなたの圏外へと僕は脱出したかもしれなかったですし、そうすればあなたと僕の双方に有益だったでしょうに。

いっそのこと母の調停がなければ父と息子の関係には良かっただろうに、とまで、ここに開陳されている。このことを、さっさと独立し得なかった自分のふがいなさを母のせいにして隠そうとしているに過ぎない、というような相対化のレヴェルで理解することも可能ではあろうが、母というものの無条件に包み込む力をカフカにおいてもやはり確認しておくべきだろう。

(N 167)

それで本当の和解には至りませんでした。お母さんは僕をあなたから密かに護ったり、内緒で何かをくれたり、許可してくれたりしましたが、そうすると僕はあなたに対してはまたしても日陰者であり、詐欺師であり、罪を意識する者であったわけです。この罪を意識する者というのは、自分を無価値な者であると思うがゆえに、固有の権利として得られるはずのものへ、抜け道を通ってのみ到達できるような者です。もちろん僕にはこれらの抜け道を通って、自分には得る権利がないと思えたものさえ追求する習慣がついてしまいました。それはまたしても罪の意識を増大させました。

(N 167f.)

もはや指摘するまでもないが、例えば『判決』から母が隠されたのは「日陰者」としての自分を隠すためであった。この作品で父との一対一の闘いという形に純化してみせる必要があった。逃避させる麻薬としての母を無化して。

### 母の「独立性」

ところで「父への手紙」は、すでに父から独立している自分という存在の挑発的な提示である。怜悧な洞察を父に見せつけるうえで、母を父の道具としての「勢子」役割に追いやるだけでは足りず、逆に、父から独立した母をもカフカは一瞬紡ぎ出してみせる。これは副文のなかに嵌め込まれて目立たないが、じつは強力なストラテジーである。

> お母さんはあなたをあまりにも愛していましたし、あなたに非常に忠実でしたので、子供があなたと闘っていることに関して独立した精神的な力を持続して持ち得ませんでした。子供の正しい本能（洞察）です。お母さんは年を経るにつれてますます緊密にあなたと結合されました。他方において、お母さんはいつも自分のことに関しては、自分の独立性を、ごくささやかな範囲内で上手にしなやかに、ついぞあなたを深く傷つけるこ

となく、守っていましたが……

（傍点ならびに括弧内の補足は引用者　N 175f.）

母のこの「独立性」すなわち腹背は、彼女自身によるほとんど作為的（主体的）なものであるのに、それに父が無知なだけだ、と父に抉るごとく迫ってみせる。ところで、息子を父の圏内へと送り返す母がじつは自分自身の居場所の確保のためには一所懸命であるという点に、カフカの（偽悪的に述べられてはいるが）根本的な母理解がある。犠牲的で優しい母というイメージの裏に、利己的な、生々しい個体としての人間の姿がある。そこまで鋭く母の本質に迫ったあとは、その反動であるかのように母への謝罪の表明のラッシュとなるのではあるが。[*19]

そして『夫婦』において「母」の威力が突如登場する。最晩年のカフカにおける母への敬慕の強さは、『両親への手紙 1922-1924』の編纂者チェルマークも特に指摘するところであるが、[*20] それだけでは理解できない。なぜ今度は母の特別な威力なのか。

## 4　衝撃から「崇高」へ

### 衝撃との「出会い」

大転回の衝撃そのものにではなく、衝撃の受け止め方に、『夫婦』の語りの狙いがある。

Kは動き、大きな声であくびをし、シャツを着せられ、怒ったような皮肉な顔つきで、妻の優しいお小言を頂戴していたが〔……〕眠り込んでしまったことを別のやり方で説明するために、奇妙にも、退屈だったのでみたいなことを言った。

（N 540）

「生き返った」K老人が「奇妙にも、退屈だったのでみたいなことを言った」のが非常に特徴的である。「退屈だったので」死んだふりをしただけなのか、本当に一度「死」んだのか、この検証を語り手の「私」は行わない。「奇妙にも」で済ましてしまう。

「退屈」が云々されるのはいかにも「奇妙」だが、ここにもまた明らかにメタレヴェルが蠢いている。つまり「退屈」は物語のいわば仇敵であり、とりわけこの『夫婦』という小品の存在理由にも関わる。つまりこの小品自体が「退屈」ならば作者としては最も困るのである。『夫婦』は「退屈」を避けるべく、まさにその「凡庸な」造りが利用されなければならなかった。事件の当事者になにげなく「退屈」を言わせ、語り手がそれをつつましく「奇妙」と相対化して済ませることが、巧妙に仕組まれた、真なる衝撃なのである。

さらにこうある、

> 私はいましがた生じたことのあとではもうなにも特別変だとも思わなかった。（N 540）

カフカは妻（母）の愛の奇跡という衝撃を書きたいのではない。そんなものはまさに退屈なだけだろう。衝撃をやりすごそうとする受け止め方自体にある衝撃[*21]こそを狙っている。「もうなにも特別変だとも思わなかった」と奇異なるものに語り手が蓋をすることは、かえって「特別変だと思」った証拠なのであり、蓋をする行為自体を読者に見せている。

ここで、カフカには〈出会い〉がないというW・カイザーの論が、再考されなければならない。カイザーは、『田舎医者』を材料に、異常事を格別の驚きもなしに受け入れてしまうのがカフカの人物の「グロテスク」な特色であるとした。「カフカにあっては、初めから世界が異様なのだから、〈出会い〉も、突然の侵入も、ことさらの異化も生じないのである」[*22]。しかしカフカにあっても「初めから世界が異様なの」ではなく、〈出会い〉も「侵入」もあることをきちんと確認することは、厳密なカフカ論の水準では必須である。「いましがた生じた」異常事との〈出会い〉方の巧みさが異常事をリアルに存在させるのであり、それがカフカという作家の押しも押されもせぬ力量を示顕するのだから。繰り返すならば、『夫婦』は、〈出会い〉が払拭されたと記すかたちで、逆説的に〈出会い〉を見せている。そういう〈出会い〉方なのである。

異様な事件と明らかに衝突し〈出会い〉ながらも、「内側から」語り続けるかに見える語り手は、衝突の緊張のなかで自分のパースペクティヴを維持し続けてみせる。もし逆に、事実誤認をあからさまに「訂正して」さっさと自分のパースペクティヴを消去するなら、薄っぺらな語りにしかならないだろう。と、ここまでは、通常のカフカの枠内に収まる。『夫婦』の場合、それだけではない。

### 語りと「崇高」

一九四九年に発表されていたW・クラフトの『夫婦』論をバイスナーが一蹴したのにはそ

れなりの理由がある。厳格な文献学者バイスナーは語りという形式論的なアプローチをカフカに向けているところであったから、クラフトの「愛が奇跡を呼ぶ」というような実体論な見方に我慢がならなかった。「彼（クラフト）は、語り手がはっきりと自分の誤りを訂正しないので、物語を真に受ける。つまり、老人は本当に死んだのであり、妻により、妻の愛により、死から呼び覚まされたのだ、と彼は言う」[*23]と、バイスナーはいかにも余裕のコメントを行なっている。だが、クラフトの論述は決してそのような単純なものではない。例えばあの大転回のシーンについては次のような具合だ。

出来事の中心に愛の事実がある。しかしこの愛はそこにとどまらず脇へとずらされる。啓示の光が少し輝いた後に消える。愛が死者を目覚めさせて始まる一連の事柄の終わりに、退屈があり、なんら本質的なことを意味しない無力を呼び起こす。[*24]

「愛」よりも「退屈」の描出に重点が置かれているという指摘を行いつつ、クラフトなりにテクストの機微に緊密に寄り添っている。

さらにこうある、

作者（Auror）が読者のために愛を決定的に現出させるよりも退屈を無意味として描き出す方を選んだ、という印象が生じる。したがって次に来るのは、何事も生じていないかのような商取引上の会話の陰鬱な続きであり、N（ほんらいK、引用者記す）が妻の手で息子のベッドに横たえられたあとはついに成果無き成り行きとなり、語り手（Erzähler）が辞去するのである。*25

作者と語り手を区別するという基礎的手続きに抜かりもなく、語り手存在をほどよく相対化している。つまり作者カフカの姿勢の重々しさと、機能にすぎない語り手の軽さの対比に言及する。こうなるとひょっとして鈍感なのはバイスナーの方ではないか。

クラフトは大転回のシーンについてこうも書いた。

さてあの崇高な（erhaben）場面が始まる。アイロニーと見えるまでに非熱情的な表現形態において、これほど奇妙なものはどんな芸術にもないであろう。*26

クラフトは、事件の当事者の「退屈」発言を語り手が「奇妙」と相対化して済ませる手法を、大きな驚きを込めて受け止めているだけではなく、「崇高」レヴェルにまで言及する。

さらに彼は「何かもの凄いもの（etwas Ungeheueres）」[*27]についても併せて触れている（まさに「崇高」絡みである）。このテクストとのそのような重々しい取り組みも欠かせないとなると、翻ってバイスナーの形式主義の軽さが目立ってしまう。

一九四九年にクラフトが思わず口にしてしまった「崇高」は、一九六八年刊行の彼のカフカ論集に収録された『夫婦』論（「愛」と題された！）では省かれている。[*28]バイスナーによる批判に反応して大仰な表現を差し控えたのかもしれないが、「崇高」を削るくらいならむしろ「愛」こそを削るべきだったであろう。

私たちとしてはためしに「崇高」を生かしてみたいが、だからといってまたしても恣意的なカフカ論を展開しようというのでは金輪際ない。この場合の「崇高」概念は、テクストのなかに秘められた機微を見出すべき補助的な照明にすぎない。私たちは、慎重に、カントの「崇高」概念を参照するが、微妙な困難と向き合うことになる。

例えば『判決』に現出した父の猛威を克服してゆくような道が、ほんらい、カント的な崇高概念に関わるはずである。つまり現象の猛威を目の当たりにして、人はまず不安や不愉快を覚えるが、その猛威を相対化する現実的な道筋や知性を自覚するとき、その大人の知性が崇高性を帯びるというわけだ。けれどもそのような成果はカフカ文学全体にあって決して明確には与えられてはいない。

母はどうか。カフカの母は、息子フランツ・カフカの分析によれば（父の）妻役割で尽きて母としての大いなる力は奪われている。

『夫婦』の妻についても、母として偉大なる「微笑み」を向けるなりして病気の息子を特別に救っているという描写はない。にも拘わらず『夫婦』の語り手は無理にでも「母の奇跡」を見ようとする。「母」の出る幕ではないのに、急遽「母」が呼び出され「奇跡」が語られる。

控え室で私はまたK夫人に会った。彼女のみすぼらしい姿を見て、私の思うところをこう述べた、彼女が少々私の母を思い出させるということを。彼女が黙ったままなので、私はこう付け加えた。「誰がなんと言おうと、母は奇跡を起こすことができたのです。私たちが破壊してしまったものを、彼女は復旧してくれたのです。この母を私は幼年期に失いましたが」。

（傍線引用者　N 541）

「誰がなんと言おうと」以下確かに過剰な調子である。「これらの言葉がどんなに重要であるかは、それ以前のすべてのものとは対照的に直接話法で書かれていることで、知れる」[*29]とクラフトは書く。下書き版を知らないこのクラフトが指摘するようにカフカは意図したのであろう。下書き版では直接話法であった箇所が他にもあって、傍線部の間接話法は直接話法(「あなたは少々私の母を思い出させます」)だったのである。いうまでもなく、二人称「あなた」を抹消して「彼女」に置き換えることは、その分文面の上では直接的なコミュニケーションを断ち、「私」を一人称言説のなかに閉じ込める。そしてさらに、クラフトの言う通り、母の奇跡についての言説のみが強調される。

このように直接話法が一部廃棄されること、K夫人の行なう「奇跡」についての一切の合理的説明が欠落していること、そもそも彼女とのコミュニケーションが成立しないこと、そして母の奇跡の強調、これらによって、かつてなかった手の届かない「母」存在が急ごしらえで浮上する。またしても母は隠されるが(「この母を私は幼年期に失いました」)この場合は「身代わり」としてのK夫人の超常性に一役買う。

カントにおける「美」と「崇高」の差異は、初出の構想では明確なジェンダー秩序のなかにあって、言うなればスタティックな「美」は女性に、ダイナミックな「崇高」は男性に振り分けられる。[*30] だが、そこで精力的になされるかに見える区別がじつは表面的でしかないことは、例えば老いという事態によって露わになる。「大いなる美の破壊者である老年」のせいで、「崇高で高貴な諸性質がしだいに美しい諸性質に取って代わらなければならない[*31]」。

カフカの母の例の「独立性」は、ジェンダー秩序に沿う分類に背いて「崇高」の側へと繋がる要素を隠し持っていないだろうか。そして『夫婦』のK夫人の老いた「みすぼらしい」外観が「美」への回路をあらかじめ断っているのは偶然ではない。ここで少々飛躍して言うなら、『夫婦』のカフカ文学に占める意義は、K夫人すなわち老母（という「傷口」）の威力が、「もう若くはない」息子フランツ・カフカの芸術営為の同一性に新たな揺さぶりをかけていることにある。[*32]

衝撃から「崇高」へ。多くの場合主人公の視座が突如襲われ脇へ押しのけられるカフカ文学のかたちを、この『夫婦』も踏襲してはいるのだが、主人公の視点と驚異の新事態が衝突して（出会って）なおかつ共存していることには新しい面がある。これは、形式的な語り手レヴェルでは収まらない（生々しい作者レヴェルが顔を出している）絶妙のバランスであって、だからこそ、対抗世界の怪しき力を「奇跡」と称賛する余裕がいま存在するのである。

したがってこれは主人公（語り手）の視点の「敗北主義」[*33]という評言で片付くような事柄ではない。もちろん積極的に「崇高」を言うようなことでもないが。語り手はメランコリックに物語を終える。

私は階段を降りて行った。下りは来るときの上りよりしんどく感じられた。上りだって楽ではなかったが。ああ、何という失敗だらけの商談の道なのだ。しかもこの重荷を担い続けて行かなければならないのだ。

(N 541)

作者は語り手に結わえ付けた手綱を引き締めて、浮ついた話にはしない。崇高は『判断力批判』では、対象の側すなわち自然現象に属するというよりはむしろこちら側(主体の側)の事柄なのであるが、しかし、「理性の能力」の自己における確認であると、カントがそこで一面的には言っていないのは言うまでもない。zwar ~ aber……の鬩(せめ)ぎ合いのなかで言っている。ひとはなるほど(zwar)驚異的自然現象を前に一応は深く感覚的に降参するが、しかし(aber)理性の能力でそれと勇敢に凛として向き合うということであって、崇高はこの鬩ぎ合いを離れてはあり得ない。ただし、「母」の「奇跡」に余裕をもって対峙できるまでに成熟した(reif)自分の能力が「崇高」であるなどと僭称してしまっては、カフカ的には自壊を起こすのであって、それというのもカフカ文学は「啓蒙的な」知のありように対してこの上なく警戒的だからである、と繰り返しておく。[*34]

# III

## 笑うカフカ——換喩的に視覚的な語りの運動

# 第五章　『流刑地にて』は笑えるのか

## 1　笑う主体

カフカに限らず、一般に作家の笑顔をほとんどの場合私たちは見ていないが、カフカこそ笑わないと知らぬ間に思い込んでしまっている。[*1] なにせ「孤独と絶望」の作家なのだし。だが、仲間うちでの自作の朗読においては、皆のそして自らの笑いに包まれたという逸話はよく知られているうえに、殊更にその作品から笑いの要素を多々拾い集めるタイプのカフカ研究もすでにありふれている。「笑うカフカ」像【図9】はとっくの昔に「紋切り型」[*2]である。ならば紋切り型ではないような発見を目指してみよう。

まずは「笑う主体」という分かりやすそうな視角から入る。

ブロートはカフカのお気に入りのジョークを紹介している。[*3]

乞食が「三日間何も食べていないのですよぉ」と泣きついてくるのにたいして、億万長者が親しげに返答する「みんな（man）頑張るよなぁ」。

とても笑えないような設定だが、これが面白いとすれば視点のすれ違い、とりわけ「主体」というものの頑迷さをめぐっている。つまり、裕福な主体が目前の具体的な困窮を一般化（「みんな」）に解消して断食のつとめしかとりあえず思い付かないことあるいはそのフリ（意図的なすっとぼけ）を、見せている。

図9　微笑むカフカと妹オットラ、1914年頃

そして乞食の側からすればとりあえず空振りなのだが特に悲惨でもないことをも。そもそもカフカは、断食において「頑張る」必要のないあの「断食芸人」の生みの親ということもある。

さて、「笑う主体」を近代的な枠組みのなかに捉えてみよう、特に「近代的改革」という思考軸（あの「衛生化」

すなわちゲットーの解体もこの軸に絡む）に沿って。啓蒙との関係が一筋縄ではいかないカフカと「近代的改革」という微妙な取り合わせに笑いがどう関わるか。

すでによく知られた文献を精細に読み直すことにする。フェリース・バウアー宛に一九一三年一月八日から九日にかけて書かれた手紙の意義を、些細な、一つの「でも」という逆接詞に注目して、新たに深く理解してみよう。

> 僕も笑うことができるのです、フェリース、このことを疑わないでください。それどころか僕は、たいへんな笑い手として（als großer Lacher）有名なのです。でも（doch）この点で僕は、以前は今よりもうんと馬鹿っぽ（närrisch）かったのですが。
>
> （傍点引用者　BF 237）

恋人に「たいへんな笑い手として有名」と自己紹介する有り様は、いかにも滑稽で、うけ狙いだが、しかし笑えない必死さがここにはある。フェリースを絶対に失ってはならないのだ。少し前に「僕という幽霊」（BF 84）といったネガティヴな表現によって自らの本性を暴露しそうになった（この便りは投函されなかった）のとは逆の「ポジティヴな」アピールである。ところで、「でも（doch）」がより深い思考へいざなう。なぜ「でも」か。これは「笑い手

(Lacher)」のレヴェルと「馬鹿(närrisch→Narr)」のレヴェルを逆接で分けて対峙させる。Lacherは笑いの「主体」であり「笑うことができる」のに対して、逆にNarrは主体という中心を欠く笑われる客体(あるいはそのフリ)である。自己アピールのためには、「笑うことができる」能力を誇示して明るい主体を前面に押し出すだけでは足りない、それだけでは笑いに「理解」はあっても、十分に楽しい「存在」とは言えない。「馬鹿」な「存在」にもなれることをアピールしなければならない。

職場の「総裁」の目前で、カフカが「笑いの発作」に襲われるという事件が「起こった」のだという。主体の制御のきかない笑いの発作である。

僕らの総裁(Präsident)との或る儀式張った会談においてなんと僕が笑い始めるなどということさえ、僕には起こったのです。それはもう二年前のことですが職場において伝説として僕より生き延びて行くでしょう。(BF 237)

「伝説」的なまでに笑ってしまったカフカは、職場では殊勝な「起草者(Conzipist)」[*4](AS 15)として、福祉的な改革の主体であった。「労働者災害保険局」という福祉局は言ってみればビスマルクの「飴と鞭」の社会主義者防止政策の一環（そのオーストリア版）であり、[*5]その政策にカフカが積極的に加担したということである。社会主義者との軋轢を可能な限り排除したシステム社会が形成されてゆく一九一四年の総力戦体制、の前夜である。

「普遍的な観察」

改革の生真面目な主体カフカだからこそ、彼が或るとき制御不可能に笑ってしまったという事実に大きな意味がある。この「総裁」の何が可笑しかったのか。

まったく明晰で普遍的な観察（allgemeine Beobachtung）のもとに置かれたあらゆる人間――その地位が自分の業績に対応しきれていない――と同様に、この男の人（総裁）にも、可笑しみ（Lächerlichkeit）がもちろん張り付いていますが、しかし、そのような自明性によって、この種の自然現象によって、お偉方の目の前でさえ笑い（Lachen）へと唆されるとは、すでに神に見放されているにちがいありません。

（括弧内の補足は引用者　BF 237）

そもそも各人の特殊性というものはどこか過剰で可笑しいものだ、「普遍的な観察」からすれば。そういう「可笑しみ」の「自明性」があの発作的な笑いを惹起したのだった。それにしても地位と業績の不相応という話題はなにやら不穏当で、その批判性がしかし無力でしかないなら、これはシニカルな笑いともいえよう。しかもその無力さがお偉方の目の前で発作的な笑いのかたちをとってしまうのは、いかにも身の程知らずで、「神に見放されている」。ただし、ここでおそらく意図的に隠されていることがある。この「総裁」へのコネがあって就職の際有利であったこと、そしてこの「総裁」が皇帝フランツ・ヨーゼフ似であることである。つまり単純に安心して笑えたであろうような条件は揃っていた。[*6]

## 2 「ドン・キホーテの不幸」

その後じつにいろいろあったフェリースへの最後の手紙が書かれた一九一七年十月十六日から一週間も経たないうちに、カフカによる三つのドン・キホーテ絡みの記載がなされた。あの『セイレーンの沈黙』の直前である。

まずこうある。

ドン・キホーテの不幸は、彼の空想ではない。サンチョ・パンサである。

（N 32）

ドン・キホーテの「不幸」は、当然カフカ自身のそれを連想させるが、その原因がサンチョ・パンサであるとは何なのか。カフカがここで二役を演じているのは言うまでもない。つまり必死に恋愛のようなものにも打ち込んでみせた（が「空想」に殉じることは許されなかった）[*7]のがドン・キホーテの面であり、それに深く触発されて「書くこと」に勤しむのがサンチョ・パンサの面である。周知のようにカフカの場合恋愛と「書くこと」は両立しない。二役に引き裂かれる「不幸」の一端を当然ながらサンチョ・パンサも担うのだろうが、サンチョ・パンサという主体についての記述には「不幸」の影が見あたらない。「書くこと」は別格ということだ。

二つ目は、ブロートによって命名された、有名な『真説サンチョ・パンサ』である。

サンチョ・パンサは——そのことを自慢したことがないのだが——長い年月をかけて、夜な夜な騎士道物語や盗賊物語をあてがうことによって、後にドン・キホーテの名を冠することになる彼の悪魔を次のように自分から逸らすことに成功した。悪魔の方はひっきりなしに狼藉を重ねたが、予め定めた対象（それがまさにサンチョ・パンサであり得た）の不在のゆえに誰をも傷つけることはなかった。自由な男であるサンチョ・パンサは、あるいは責任感からか、落ち着いて、ドン・キホーテに随行し、そのことに大きな有益な楽しみ（Unterhaltung）を、終生見出し続けた。

（傍点引用者　N 38）

「自由な男」サンチョ・パンサが首尾良くドン・キホーテの舵取りができたことを「自慢したことがない」ことこそを重視しよう。それは例のカフカ版オデュッセウスふうの狡智[*8]とも見える。舵取りができたことを「自慢」することは、「楽しみ」の存在を高らかに告げてしまうという誤謬である。自ら「悪魔」の餌食にならないためには、カフカのサンチョ・パンサには、高らかに笑うことはゆるされない、せいぜい「微笑むことができただけである[*9]」。

三つ目は次のようなものである。

ドン・キホーテの最も重要な所業のうちの一つであり、風車との戦いよりも目立つのは、自殺である。死せるドン・キホーテが死せるドン・キホーテを殺そうとする。しかし、殺すためには、生ける場所が必要になる。この生ける場所を彼は刀で同じくひっきりなしに探すが、無駄である。そうこうしながら、この二体の死者は、組み合ったままとんぼ返りして、幾つもの時代のなかをころがって行く。

（N 38）

なんとも壮絶である。これは深い自嘲なのだろう。以前に冗談で「馬鹿」な「存在」をアピールしてみせたのが本物になり、「恋」の実践は結局「自殺」に行き着いてしまった。この「自殺」概念が行為の「主体」の問題を浮上させて——「殺すためには、生ける場所が必要になる」——ドン・キホーテ自体が二役でしかも「二体の死者」にすぎないという笑いを伴う衝撃的な分節を生む。それを見守る「自由な男」サンチョ・パンサは居るのだろうが、いずれにせよ笑う主体の座という安全地帯は隠される。

## 3 読者との戯れ

時系列が前後するが、フェリースとの最初の婚約不履行の産物でもある『審判』が渋滞し、かつ彼女への手紙の交信が復活するというタイミングで『流刑地にて』が二週間足らずで書かれた。[*10]

さて、この見るからに陰惨な印象の『流刑地にて』は笑えるのか。

【『流刑地にて』あらすじ】

旅行者がとある流刑地における死刑執行に立ち会わされる。奇妙な死刑執行機械への愛着を示す執行官（「士官」）によれば、この死刑制度が依拠する旧体制は滅びに瀕しているという。彼は旅行者に懸命にこの非人道的死刑制度への賛同を求めるが、旅行者は賛同を渋る。やがて万策尽きたのか、士官自身が死刑執行機械に身を横たえ自らの死を執行する。このとき、通常は死刑囚の顔に現れるはずの浄福が、皮肉にも士官の顔には現れない。

---

作品の「説明」

挑戦的に奇異な作風が笑いの領域と隣接せずにはいないという事実にカフカ自身が好んで向き合った。[*11] 現に、『判決』や『審判』は、突然降り掛かった深刻な状況を「冗談」のレヴェルへと反転させることができないかどうか、主人公によって問われる。[*12] 半分冗談に近い物語、にも拘らずやはり冗談ではないことが確認され、翻って、作品世界の峻厳さが強調されることにもなる。

カフカの著作の文面に現れる字義通りの「笑い」を辿ってP・レーベルクは徒労感を表明してみせる。「笑い」が記されている箇所がじつはコミュニケーション不在の現れであって、それらの「笑いは、返答としては沈黙のかたちである。返答が欠けているのだから」[*13]と。したがってレーベルクは、「言葉も音声も伴わない」[*14]笑いに格別の関心を示す（「音声を伴わない」という点については、さらに『セイレーンの沈黙』におけるサイレント映画の微妙さへの連想も生じる）。このようにテクストの表面の非対話的「笑い」のコミュニケーションを辿るのは堅実な分析方法であるが、それだけではいささか物足りない。字義通りに読むという姿勢に加えてさらにちょっと違うアプローチの仕方はないだろうか。例えば、言述内容そのものよりもむしろ言外の関係性にほんらいの内容を探る「行為遂行的」[*15]な観点（オースティン）を、笑いに関してこそ試みる必要がある。

読者との関係自体がターゲットである。カフカという作家は読者との関係を作品のなかに意図的に書き込みがちである、つまり例えば、読者が抱くであろう疑問を取り上げる、とは夙に指摘されてきた。「カフカのテクストは、その解釈の問題自体を主題とする傾向がある」[*16]

理解できない奇異な事象について主人公が質問を発するとき、読者の、あるいはその前に出版元の代理をつとめているのである。奇異な作風についての説明がカフカには出版元からつねに求められていた。[17]『流刑地にて』の「士官」は、自身にはこのうえなく「自明な」死刑執行機械の技術的な「説明」を「旅行者」に懸命に行うように見え、「説明（Erklärung）」や「説明する（erklären）」という単語自体が幾度となく反復される。

士官は旅行者に言う。

「さて万事説明がつきましたか。しかし時間の方が過ぎて行きます。死刑執行をそろそろ始めなければなりません。機械（Apparat）の説明が完了していないのではありますが」

（D 213）

「説明」が必要な作品なのだということわりをカフカは同時に行なっているということであり、そういう装いにより読者を離さない。つまり、わけが分からないからといって本を投げ出さないでほしい、ほんらいきちんと説明すべきだが「時間」がないだけなのだ、という笑うべき装いである。

だが、読者との関係を作品のなかに書き込むことは、読者と仲良くなるためのものではない、逆である、読者ときわめて微妙なやり方で対決するためのものである。もとより説明の「時間」はほんらい十分にあるのだが、説明することによって平凡な退屈な作品になってしまう可能性もあるわけで、これこそが最大の危険である。

## 期待の地平

かつて「受容美学」との関連でH・トゥルクが「カフカは読者の期待と戯れる」と言い、その「戯れ方」の説明において妙に持って回った。*[18] 私たちも『審判』の有名な、僧侶とKのやりとりを独自に取り上げよう。

無実を訴えるKに僧侶は諭す、

「裁判所は君に何も求めない、来れば受け容れるし、去るなら追わないよ」

（P 304）

これは、作品『審判』は読者に何も求めていない、とも取れる。作品の挑戦的な新しさのゆえ退屈するのなら読まなくてよろしい、と。もちろん逆説的な突き放し行為、危険な賭けである（読者が本当に退屈のあまり読むことを拋棄するならば最悪なのだから）。

これが『流刑地にて』では一見逆のかたちになる。

「読んでください」と士官は言った。「読めないです」と旅行者は言った。「明瞭ではありませんか」と士官は言った。「非常に芸術的です」と旅行者は回避的に言った、「でも、読み取れません」。「まあね」と士官は言って笑った、そして図面をまた仕舞った。「これは学童用の楷書ではないのです。じっくりと読まなければなりません」

（傍点引用者　D 217）

『審判』とは逆にここでは作者は読者に読むよう強く迫るかのようだが、容易には読めないものを押しつけているわけで、これも賭けである。読みようによっては（読者自身が引っ張り出されていることに気付けば）抱腹絶倒の掛け合いである。ただし賭けとはいえ、読者の「期待の地平」の凡庸さに対する諦めを半ば挑発的に示してみせたり（士官の「笑い」によって）、「学童用ではない」とことわったりしている分、作風についての理解を求めているのである。

やがて旅行者にこの法体制への加勢を迫る士官の話術が、過剰に押し付けがましい[*19]ゆえ、旅行者の反発も当然避け難いのだが、じつはこの反発の存在もまた、読者を引き入れる技法に属す。

## 笑いと事件性

既述の通り、笑いというものはその存在が名指されたり説明されたりすると無粋である。カフカの登場人物たちは本当に可笑しいシーンでは笑わない、笑ってはならないのである（そのとき読者が秘かに笑う。強いられないのに、いや、強いられないからこそ）。あのサンチョ・パンサのように、カフカの笑いの根本的なスタンスは、「名指さない」「説明しない」（ならばフェリース宛の手紙における笑いの説明は、決定的に異例なことではあった）。

笑いの「研究」が笑えないものになりがちなのはむろんそれが「研究」だからで、「笑いを笑いながら思考するのは不可能」[20]ということもあろうが、「研究」の無粋さがとりわけ笑いの逆説的な事件性（笑いは事件性の深刻さを無化する賭けである）、つまり事前と事後の非対称性（不可逆性や他者性）を忘れて平坦にしてしまうからである。したがって、あくまでそのかけがえのない事件性に立ち帰るよう私たちは心掛けよう。あの『田舎医者』の[21]、『セイレーンの沈黙』の[22]、『夫婦』の笑い[23]をことごとく「一回的な事件」つまり「賭け」として受け止めよう。

朗読会という場では、言うまでもなく、（通常「語り手」の背後に隠れている）「作者」存在が露出して、「語り手」の座を占めるかのようである。通常は「作者」と「語り手」の懸隔が、

「語り手」の自在のアイロニーの源泉であり、それが開かれた自由な読書を可能にするのだが、朗読会で露出する「作者」は聴衆に対して圧倒的に直接的な影響を与える、はずである。受け手の誤解を最小限に食い止める配慮が可能なはずである。ならば、仲間うちの朗読ではそこそこうまくいったがミュンヘンでの朗読会では無残な結果になったと伝えられているの[24]を、どう理解すべきか。なにしろ『流刑地にて』の表面上の残酷さに反応して失神者が出たとまで言われる。流刑地の存在がまだリアルである同時代には、作品に現れた残酷さを虚構レヴェルへと追いやる「距離」のある受容が難しかったのだ[25]、だからこそ、作品中の笑いの仕掛けが作動しなかったのだ、と一応考えることができる。しかし、ついに説得に失敗して自殺する士官の姿は、朗読会で失敗して深く落ち込んだことになっているカフカの姿と完全に一致する。そうするとすべてすでに作品中に書かれているということであって、カフカの掌上の出来事ともいえるはずなのである。それなのに、受けたショックの大きさは想定外ということであった。

## 4　隠喩から換喩への大移動

隠喩ではない

まずは字義通りに、或る流刑地に身を移しながら私たちは読む。同時代のフランスの流刑地がモデルと目される。[*26] そうならば、まずは隠喩ではない。

「特異な（eigentümlich）機械（Apparat）なのです」（D 203）

『流刑地にて』の死刑執行の「機械」は「特異な」という形容詞の仕掛けで始まり、いきなり特化される。この特化は、「普遍的な」価値観の存在を知りながら敢えて特殊的なものを擁護しようとする。当地の法体制に外野は口出ししないようにと、この異様な「機械」を前にして「士官」は「旅行者」にあらかじめ釘を刺しているのである。やがてここぞとばかり強調される。

「あなたはヨーロッパ的価値観に囚われています」

(D 228)

「あなたはもちろん多くの民族の多くの特異性（Eigentümlichkeiten）をご覧になり、それらを尊重することを学ばれたでしょう」

(D 228)

各文化の特殊性（「特異性」）は尊重されなくてはならない、つまりヨーロッパ的価値観が手を出せないとは、それはそれでもっともな文化相対主義（反植民地主義）の主張である。この作品への影響関係で知られる『責苦の庭』（ミルボー著）の「処刑人」は声高に主張する、[*27] 自分は「保守主義者」として、ヨーロッパ人たちが持ち込んで来るものの影響で当地の「風習」や「特徴」がなくなっていくのに憤慨している、と。ちなみに彼は「笑い」も具備しているのである！

処刑人は肩をそびやかし、顔面神経痛に襲われながらも、人の顔が表わしうるかぎりもっとも傲然と喜劇的なしかめっ面をしてみせた。そしてわれわれが恐怖を覚えながらも必死になって笑いを抑えようとしているあいだに断固として言うのだった……

喜劇性も兼備する「処刑人」の属性や「恐怖」と「笑い」の鬩ぎ合いのすべてがなるほど『流刑地にて』に繫がる。ただし、『責苦の庭』で延々と誇示されるようなたいへんネガティヴな相貌を示しもする文化的特殊性を絶対的に擁護することは、そもそも「相対」主義という名称自体を裏切ってもいる（もちろん文化相対主義という用語自体は『流刑地にて』に出てこないのはことわっておくとして）。

さらに皮肉なことに、特化というものは己の絶対化を目指しながらかえって相対化・一般化する結果になるという面も持つ。これは相当に興味深いことであってすでに笑い含みである。この特別な死刑執行機械も「機械」であるがゆえにごく平凡に「故障」するのだからなおのこと。カフカが『責苦の庭』の作家ミルボーと「多くの思想的前提を共有していた*28」としても、テクスト自体にあるバランスをとる作用がカフカの志向を相対化するのであろう。

## 隠喩的な受容

読者との戯れは作品を立体的に増殖させる、つまり読者を立体的な緊張の中に置く。「立体的」とは、例えば隠喩的な仕掛けであり、読者自体を隠喩的な形象として作品内に登場させるだけではなく、読者に「非現実な世界を現実の世界の状況と結合する」[*29]作業を課す。

死刑執行機械がアパラート（Apparat）の名で呼ばれ、これが何らかの強面の隠喩でもあるという匂いを強烈に発する。つまり敷衍された意味への接続を示唆する。恐怖の死刑執行機械とその体制は、どこかの非ヨーロッパ的な外部をではなく、まさにヨーロッパの戦時（第一次世界大戦）の支配体制をも隠喩的に指し示す。一見は「モダンな、民主主義的な、〈人間的な〉」ヨーロッパ社会の「〈レントゲン写真〉として」[*30]。

やがてこの恐怖の死刑執行機械の執行部位が士官によってなんと「馬鍬」の名で呼ばれる。「馬鍬？」という旅行者の問いかけと士官の返答「はい、馬鍬です」の間に、丸一頁分の情景描写（士官と兵士と囚人の三者三様の様子）を並行モンタージュふうに挟じ入れるという芸当がなされる。この映画的な語りの巧妙さは、奇異な呼称（「馬鍬」）の当否をとりあえず宙づりにしてじっくりと読者に差し向けることにある。

その間読者はこう考えてもいい。「馬鍬」は隠喩的な愛称であり、愛称は、ほんらい問題含みの厄介な対象を、自明な無害なものに化けさせると。言うまでもなく隠喩は命名における異化であるから、絶えず笑いを孕んでいる。ただしきちんと隠喩的ではない（喩えがずれる）カフカなのであるから、この振り上げた隠喩の「鍬」をどう納めるかが問題だ。

「馬鍬が人間の形態に対応しているのですよ。こちらが上半身用の馬鍬で、ここが脚用です。頭用にはこの小さな針だけ。分かりましたか」

（傍点引用者　D 213f.）

「馬鍬」が農業的な言い換えだからこそ「人間」に接合しやすいというわけだが、その口調のもっともらしさがグロテスクである。これは、隠喩的な深遠な意味つまり「本質的な彼方[*31]」を指向するというよりは、むしろ此方との仲介的な隠喩であろうとする。

「馬鍬」に比べれば、死刑囚が固定される場が「ベッド」であるのはいやに卑近な隠喩だが、「馬鍬」の突飛さとタイアップした卑近さであって、これもひとを手懐けるレトリック、機械的で冷酷な設備や制度を馴染ませるレトリックなのである。しかもあの『判決』の父親のベッドが死刑宣告の高みとして法廷の隠喩になったことがまだ記憶に新しい『流刑地にて』では、明瞭に、ベッドが公的な法的執行機関の隠喩に成長している。隠喩としてのベッドが隙間なき法体制の中に敷き詰められる（eingebettet）。つまり「彼方」ではなく「此方のいたるところ」にカフカの隠喩は身を置きもする。

## 換喩へのずらし

ところで繰り返すが、カフカ文学は究極のところ隠喩的には納まらない。[*32] 喩えがずれてゆく。

喩えがずれることについてフロイトが挙げた目覚ましい例をみよう。「金の子牛」のようだと名指される金満家を「子牛にしては歳をとりすぎ」とずらして評するハイネの機知[*33]がそれであり、これにラカンが格別の関心を示した。隠喩の「本質的な彼方を拒否」[*34]しそれを換喩へずらすこの笑いは、「意味の滑り」[*35]をもたらし、それによって隠喩の絶対的な「意味」が、換喩の相対的な「価値」の次元に移される、[*36]という。換喩はだから権威的なものの転覆に向いている、が、しかしその分住みやすい世界を招来するかはまったく保証のかぎりではない。

さて、『流刑地にて』の叙述において、あの冒頭の、「機械（Apparat）」（男性名詞）が、十二時間にも及ぶ死刑執行の「転回点」（D 218）たる六時間目からMaschine（女性名詞）に変わる！この表記の変更についての先行研究が一切ないのには驚かされる。この男性名詞から女性名詞への変化は、既述のハイネの機知ふうには、厳めしい「機械」にしては女性的なものに依存し過ぎ、といったずらされ方ではないだろうか。

『流刑地にて』の死刑執行「機械」を実際の流刑地の黒々とした法体制を参照して解釈する

だけではなく、技術時代の裾野の一般的な表現としても捉えることをW・キットラーは提案した。[*37] この提案には目覚ましいものがあるのだが、ここに欠けているのはApparatとMaschineの区別で、この二つの単語をW・キットラーは無関心に併存させている。兄のF・キットラーの方が頗る意識的に、女性の職場進出を可能にしたタイプライター（Schreib-Maschine）に、そしてその関連でフェリースへのカフカの働きかけに言及しているのとは違って。[*38]

ともあれ、技術の時代の現れを強調するW・キットラーの提案を重視しよう。そうすれば、蓄音機の時代も見えてくる（あの「馬鍬」はむしろ蓄音機の針の部分であると！）。なんと流刑地もまたエキゾチックな観光地であり、同時代の旅行文化がそこには映っている、[*39] と。だから『流刑地にて』の「旅行者」は単に傍観者というニュートラルでスタティックな物語上の機能ではなく享楽的な実体でもあると。このような話題はことごとく、当時の最新メディア機器販売の「リントシュトレーム社」社員のフェリース絡みである【図10】。このすでに言い尽くされた事実の換喩性にこそ新たに私たちの関心は集中する。

換喩としての機械（Maschine）はまずはタイプライター（Schreibmaschine）の合成部分で、フェリースの住むメディア機器の世界を代表する。その世界へのタイプライター繋がりで、彼女へのカフカの最初の葉書はタイプライターで書かれたのであったが、その際「指の先」が一人歩きしてしまった、という。

図10　リントシュトレーム社の口述筆記機「パルログラフ」とフェリース（左）

僕は筆無精で、タイプライターがなければもっとひどいでしょう。なぜなら、手紙を書く気分でなくても、書くための指の先（Fingerspitze）はまあいつもあるわけなのですから。（BF 43）

カフカ文学に新たな決定的な段階をもたらしたこの「指の先」（「書くための指の先」！）はまさに時代精神を表す身体部位である。「書く気分でなくても」書いてしまう。

整理しよう。Apparat が Maschine へずらされるとき、さらに Schreib-Maschine へとずれていくのは、たんにフェリースへとずれるだけではなく、「書くこと」へとずれるのである。つまりフェリースを見出すことは本格的な文学作品を「書くこと」への突破口の発見でもあったが、この「換喩的にずれること」自体がカフカ文学の本質にまでなってゆく。

ただし付言しておかなくてはならないのは、タイプライターがカフカ文学の聖域（手書きの「グラフィックでヴィジュアル」な原稿）[*40]にはもとより及ばないということである。フェリースの換喩としてのタイプライターに対峙するとき、カフカもジェンダー体制に乗っかって、男性の領域であるかのように「手書きで文学作品を書くこと」に籠城する。『流刑地にて』に現れたカフカのミソジニー[*41]（女性嫌い）と呼ばれ得るものは、女性名詞であるタイプライターへの微妙な距離感をめぐっているのだと本書では指摘しておくが、あながち的外れではないであろう。

隠喩から換喩への移動が男性名詞から女性名詞への移動と連携していることは、隠喩における大上段の構えの物言いを、如才ない、間隙を埋める媒介的なものに換えるということである。戦争の主体が強面の男性的なもの（Apparat）から、そもそも主体なるものが溶け込むシステム（Maschine）へ移る。

銃後を女性が周到に構成する。これこそが、隠喩から換喩への移動が男性名詞から女性名詞への移動と連携していることの真なる内容である。「指の先」が広範な裾野を組織化し、これがかつてなかった「技術の戦争」の時代の総力戦体制に対応する。

そこに象徴界から想像界への落下も加わる。技術の時代は自動の刑罰を生み出してしまったとは、ベルクソン流の笑いである。[*42] しかも象徴界を著しく相対化する「機械」なのだ。既出の引用部分を再度見る。

「読んでください」と士官は言った。「読めないです」と旅行者は言った。「明瞭ではありませんか」と士官は言った。「非常に芸術的です」と旅行者は回避的に言った、「でも、読み取れません」。（D 217）

やはり可笑しい、だけではない。囚人の身体に罪の内容を刻み込む針が、文字の象徴界から画像の（そして蓄音機の音の）想像界へとずれてゆくのは、未曾有の技術の時代の到来を告げている。メディア結合に長けた者が時代を制す。

『流刑地にて』のテクストは Apparat を Maschine に換えたあと後者を機関銃（Maschinengewehr）のように連発する。まさに機関銃が第一次世界大戦の戦場の風景を変えてゆく時節に。これが換喩としての機械（Maschine）のもう一つの面であり、ここでもまた「指の先」が忙しくなる。

かけがえのない「固有性」のはずの身体[*43]が、機械の世界に足を踏み入れる（いや指を）。そして、なんとここに加わるのが、カフカの手になる役所文書に現れた、労災における欠けた指の先なのである！

> きわめて慎重な労働者はカンナ機への材木の押し当ての際、指が材木の外に出てしまわないよう気をつけることができるでしょうが、どんなに注意を払っても対抗できない危険というものがあるのです。（AS 196）

「どんなに注意を払っても対抗できない危険」という指摘には「改革的な主体」が工場設備に向ける誠意ある配慮とともに、作家として手書きのペンを握る固有の身体の矜持と不安が込められている。

ちなみに『流刑地にて』は、軍帽を着用して工場設備を視察する役人カフカと工場主の格闘を反映してもいる。

現実界

オートメーションの死刑執行機械のデモンストレーションが士官によってなされるとき、耳障りな「キーキー軋む音」がする！

キーキー軋む音さえなければ壮麗であっただろう。士官は邪魔な歯車に驚いたかのように、それに対して握りこぶしで威嚇した。

（D 218）

自動的な処罰機械の「壮麗な」見せ物が、この法制度の自明性を推進し続けるはずであったが、キーキー音がそれを妨害せずにはいない。かくて、自明性を形成していたはずの「意味」が新たに問い直される羽目になる。キーキー音が引き起こす戸惑いは、古き「意味」の体系の「絶対的放棄」に繋がりかねない。*44

機械だから故障もする。浄福をもたらすはずのこの機械がやがてこの士官を単純に殺害するとき、ラカンの現実界（想定外の異界）が剝き出しになる。つまり換喩としての Maschine のはずがじつは人間界には隣接していないのである。特筆すべきことに、このときはキーキー音がしない、静寂である。そうすると、キーキー音のときの方が、相対的に正常に機械として作動していたことになる。アイロニカル！

アイロニカルと言えば、「他のすべての死刑囚がこの機械のなかで発見したとされる救済の浄福を、この士官が見出し得なかった」（D 245）こと、この士官にかぎってそうであったこと、である。この自動的な隙間なきシステムに仕える管理的「主体」にかぎって、機械的な整合性から排除される。

出版社は『流刑地にて』が「やりきれない（peinlich）」作風であるという理由で出版を渋った。それに対するカフカの返答は、

> あの作品がやりきれないだけではなく、むしろ私たち一般の時間（時代）が、かつ私の特殊な時間が、同時に大変やりきれないのであり、それどころか私の特殊な時間の方が、一般の時間よりも長くやりきれないのです。（B III 253）

このやりとりにもユーモアがある。Apparat が Maschine へずれていく時代における「笑う主体」の起死回生の「死刑台ユーモア」らしきものが。

## 5　死刑台ユーモア

### 「経済的」な視点

宗教を経済で説明したニーチェのように、フロイトはユーモアを「経済的な視点から」語る。「節約した感情の消費」からユーモアは生じると。[*45]「情況が引き起こす感情を倹約することにユーモアの本質はあり、冗談により、そのような感情の表出を乗り越えるのである」。[*46]つまりユーモアによって恐怖心を「節約」しなければならない。その際ユーモアの発信者は、受け手（読者や観客）にユーモアの存在をいちいち説明するのも「節約」するかもしれない。

フロイトのユーモアについての論は、ごく自然な成り行きで漫才の「ボケ」と「ツッコミ」のようなものに触れるのだが、『流刑地にて』でもまたごく自然に、ボケ役が「士官」に、ツッコミ役が「旅行者」に振り分けられる。つまり、ハイテンションのボケが気弱なツッコミを引き廻して、後者（つまり常識的な傍観者の役割を演じるこの旅行者）はきちんと口を差し挟むことさえ満足にできない。が、それが妙に可笑しくもある。

さて、ユーモアの極め付けが「死刑台ユーモア」にあることを、カフカもフロイトともども知悉している。まず、フロイトが挙げる例は次のようなものである。

月曜に死刑台に連行される死刑囚が「ふん、今週も幸先がいいぞ」と言うと、彼は自分からユーモアを引き起こしており、このユーモア事象は彼において完結している。*[47]

苦境に立った「自我」から視座が「超自我」へと移し置かれて、苦境が相対化される。つまり、子供（自我）を苦しめる現実が「取るに足らないものとして認識され、笑い飛ばされる」*[48]のである、大人（超自我）の視点の「媒介」によって。*[49]

『流刑地にて』の士官が旅行者の同意をついに勝ち得ることができないのが判明するとき、それは士官にとっての死刑宣告を意味するのであろう。急に士官は潔く「死刑台ユーモア」のようなものを身振り・表情で披露してみせる、というよりむしろ、語り手が懸命に「死刑台ユーモア」に仕立て上げているのである。これを指摘する先行研究は一切ない。

「この手続きに納得いきませんか」、と彼は独り言を言い、微笑んだ。まるで、老人が、子供の聞き分けのなさに微笑んで、その微笑みの背後に、自分の本当の思慮を曲げずに維持するように。

（D 236）

苦境に立った「自我」に結びつけられた困惑の視座を「超自我」へ、つまり「老人」の泰然自若の装い（「微笑み」）へ移して、エネルギーの乱費を避ける。つまり旅行者の「聞き分けのなさ」を許してやれと、超自我が自我に慰めの言葉をかける。それにより自我は「自分の本当の思慮を曲げずに維持」できるのである。普段は厳しく指令する超自我がここでは妙に優しい。*50

死刑台ユーモアであるからこそ、旅行者には、

これから何が起こるのかが分かっていたが、士官のすることを妨げる権利はなかった。（D 240）

物語の成り行きについて通常何も知らないカフカの主人公たちに比べても、この「分かっていた」は異彩を放っている。

「ユーモアは諦めではなく反抗」であり、「快感原則の貫徹」なのだとフロイトは言う。*51 ユーモアは反抗であるが、敵対的な状況に真っ向から反抗するのではもちろんない（非経済的だから）。自己防衛のための上手なぎりぎりの反抗としてのユーモアという問題意識において、

図11　カフカの従妹イルマ（右）と妹オットラ

フロイトとカフカは見事に合致する。

　ここでカフカの従妹イルマ【図11】という固有名詞が格別重要な意味を担って浮上する。彼女は妹オットラと仲良しであることだけでもカフカには大切な存在であるうえに、「死刑台ユーモア」の名手なのである。カフカは「父への手紙」において、「すでに抵抗能力のある年齢であなたの影響下に置かれた」従妹イルマに言及する、「死刑台ユーモア（Galgenhumor）」も操り「少しばかりの反抗」も示してみせた面白い人物であったイルマなのに、あなた（父）には無能な従業員として邪険に扱われて、可哀想であった、と（N 182）。

### 超自我を乗り越える？

　フロイト用語をカフカに適用しているのはそれが疑いもなく有効であるからだが、その際「超自我」概念については若干補足しておかなければならない。超自我はもはや周知のように「外的」なものというより、むしろ内発的なものである。[*52] フロイトは戦争の時代を経て、「超自我」概念を導入した。「エス」の快感原則に任せてしまうとかえって「エス」の望まざる結果になる。内から生じた規範的なもの（超自我）の否定性にこそ親しまなければならない、と。

カフカ文学において父親と息子の葛藤のテーマは表面上『変身』で終わっており、以後は家族の外へと作品の舞台は広げられてゆく。それにも拘らずカフカが長く親の家を離れないのは有名な謎である。親の家を出ること自体は容易いことであるし、父権に対する排撃の身振りは表現主義的な時代精神であった。だが、カフカはそういう排撃ではなくむしろ向き合い続けるほうを選び取る。[*53]

関連した話題として、既述のカフカの「恩師」である刑法学者ハンス・グロースとその息子オットーとの対立があり、それは（流刑制度の擁護者でもあった）この父親が反抗的な息子を警察に一九一三年十一月九日に逮捕させ精神病院に収監させるというスキャンダルに発展した。このタイミングからしてこの事件とカフカの『審判』や『流刑地にて』との直接的な連関も大いにあり得る。[*54]

そしてグロース父息子関係がカフカのそれを鋭く照射するのは、フロイト派である息子オットーの精神分析学的知見やリベラルな思想的傾向にもよる。彼は、「父権」と「ありとあらゆる権威主義の根源である家庭」に抗して「個性の解放」や「母権のための革命」[55]とまで口にしたのだった（のちにカフカは彼と面識を得て、彼の著したものに親近感も示している）。[56]

だが、カフカの実践はちょっと違う。それはいわばフロイト流に「父のようであらねばならない」ということと「父のようであることはゆるされない」という「二面」[57]の否定性と向き合い続けるようなことであって、超自我を乗り越える（ならば傲慢（ヒュブリス）である）などという話ではない。

ただし、父親なるものを等身大のものとして描き出す練習をカフカは積んだのであろうし、その現れが、後述の（『田舎医者』における）換喩としての「アルコール」のあとからかろうじて登場する父親像であったり、（『夫婦』における）いちど死んだかのようで妻の威力でかろうじて息を吹き返す父親像であったりする。[58]いずれも滋味溢れる可笑しさである。

# 第六章　換喩的な『田舎医者』の語り

『流刑地にて』で浮上した濃厚に換喩的なものは、やがて『田舎医者』に頻出して語りの運動の原理にまでなる。「見る」という読み方が語りのこの換喩的運動に入り込み、そこに仕掛けられたひとつの奇妙な笑いと向き合う。この笑いは何なのか。それはこの偶発的に疾走する物語を制御する試みとしての、一見無力な、しかし或る逆転を目論むような、笑いである。となれば、あの『流刑地にて』の死刑台ユーモアを連想させるではないか。

ところであらかじめ触れておかなくてはならないのは、「バルザックやツルゲーネフにおける文学的な田舎医者モティーフの伝統」との連関であり、さらにその連関がしかしカフカ版『田舎医者』の「特別なものを浮上させるわけではない」[*1]とバイケンが足早に書いてしまうことである。カフカ研究史への彼の広大な文献学的目配り（とうぜん「意味」の解釈に集中してしまう）ゆえにかえって見落とされるものは何だろう。

バルザック版もツルゲーネフ版も主人公の田舎医者が作中人物に告白話を聞かせるのに対して、カフカ版では直接読者に語りかける。この明瞭すぎる違いの蔭に、しかしカフカの視覚化する技法が隠されている。要するにカフカの田舎医者の「私」はまずは不可視の、相対化されずひたすら主観的かつ直接的に読者に語りかける何者かなのだが、あるときぬっと効果的にその像を現わす、決して客観的な語りによってではなく。これこそがカフカにおける巧妙な可視化の基本的な方法として、まず確認されなければならない。

さて、特にツルゲーネフ版と比較対照することが興味深く、それによりカフカのヴィジュアルな語りの「特別な」魅力が顕現する。ツルゲーネフ版『田舎医者』は懸命の手当もむなしく死んでゆく女性患者と若き田舎医者である「私」との熱き悲恋ものであり、一気に読ませるが、叙事的に輪郭鮮明というタイプではない。それに対してカフカ版は、時空の自然な繋がりを解体する主観的な語りだが、諸形象は豊かである。患者を男性に変えているのは確かに第一の相違点であるが、それはさておき、ここではとりあえず、ツルゲーネフ版では美しき女性患者の髪こそが「私」に触れそうになること、そして「ラム酒」も登場すること（さりげなくだが）という二つの「些細な」ポイントを予告しておく（これらについては後述）。[*2]

【『田舎医者』あらすじ】

私は田舎医者であり、遠隔地から重病人の知らせを受けて当惑している。吹雪なのに、馬車を引く馬が不在なのだ。私が腹立ち紛れに豚小屋を蹴飛ばすと、奇妙なことにそこから馬丁とともに二頭の馬が現れる。そこで私は「女中」と一緒に笑ってしまう！　早速私は目的地へ向かおうとするが、馬丁はこの女中「ローザ」と留守番をすると言う。私だけが馬車であっという間に患者の家に着く。ベッドに横たわっている少年のもとに私は案内される。少年は一見健康である、が、よく見ると、わき腹に傷口が開いている。私は裸にされ、患者の横に寝かされる。そしてやがて私はこの家から脱出する。しかし行きの速さとは裏腹に馬車は遅々として進まない。

---

## 1　当惑と知、先説法の見晴らし

### 還ってきた「私」の「小さい」枠への集中

私は大いに（groß）当惑していた。

（D 252）

この一文ではじまる『田舎医者』の「私」の「当惑」はまた解釈者たちの「当惑」でもある。つまりテクストの「様々の象徴領域」や個々の意味に振り回されるゆえの当惑で、それに対して「与えられたコンテクストからそれぞれの象徴の価値を決定すること」が要請される。[*3] 個々の要素を孤立させてないで「コンテクストから」解読すべしとは、もっともらしいしそれで問題は解決するかのようだが、コンテクストの見極めも一苦労である。W・キットラーは、短篇集『田舎医者』の構成に「連結原則」を見て、例えばはじめの三作（『新弁護士』、『田舎医者』、『サーカスの桟敷席で』）が馬のモティーフによって連結されていると言う。[*4] だからこの短篇集というコンテクストも無視できないのは言うまでもないが、「連結原則」の指摘が正鵠を得るのは『田舎医者』自体における「連結」にまで話が進むときで、例えば医者が患者のベッドに一緒に寝かされることにキットラーは特別の注意を促す、「連結原則」は「現にある諸関係を解体して新しい結合を生産する」[*5]。こうなると何と何が連結するか分からないわけで、この連結の仕組みに注意深く分け入らないとコンテクストを言う意味がない。

いきなりの「当惑」もさることながら、その際「大きい（groß）」という形容詞の突出ぶりも気にかかる。「小さな（klein）物語集」という副題がことさらに付けられた短篇集『田舎医者』（私たちがいま扱っているのはこの短篇集に収められた標題作である）は、まさに小ささに集中する姿勢から生み出されたのであったし、それにも理由（コンテクスト）があった。*6 その小さな枠から「当惑」の大きさがはみ出さんばかりである。小ささへの集中とともに「私」という語り手は還って来た。*7 かつて『判決』における三人称の語りの獲得において、カフカは叙事的な大海に挑み出たのであったが。還って来た「私」はしかし、少々込み入った存在である。

## 物語る「私」と物語られる「私」

厳密に、物語る「私」と物語られる「私」とに分けて考えられなくてはならない（前者には「物語言説」が、後者には「物語内容」が対応する）*8 が、この二つの「私」は、ほんらい対等な項ではなく、非対称の、差異関係である。つまり差異を生み出す側（物語る「私」）と差異化される側（物語られる「私」）との関係は、一方の側（差異を生み出す側）にのみ内在している。*9 この非対称性は、物語る「私」が物語られる「私」の「当惑」によって大いに干渉される、というような逆の影響関係を認知しないはずである。すべて語り手の掌の上にあるのだが、しかしそうは見せない。語り手までが「当惑」してしまう、というふうに装う。

物語る「私」はいつどこから語っているのか。正統に、物語内容の時間が終わった後からか。ここでは過去の事象を悠々と回想する語りの秩序は、はじめから破綻している。叙事的にはほんらい確保されているべき時間的な「遠隔[*10]」の代わりであるかのように、皮肉にも、場所的な遠隔があり、「十マイルも離れたところで」重病人が待っている。この場所的な遠隔を克服すべく、「私」の馬車の車輪は「大きい」（D 252）。

はじめから読み進んでいくと、まもなく、馬がない故の「当惑」であることが明らかになり、その調達のために、「私の女中は、いま、村を走り廻っていた」（D 253）。この「いま」が一つの手ががりではある。物語られる「私」は「いま」旅仕度ができて「すでに」中庭に出ているが馬がない。だからこの時点が物語内容の時間の開始点である。物語言説の時間の方、すなわちいつどこから語っているのかはわからないままであるが。ただ明らかなのは、この物語言説の時間がまもなく物語内容の時間に無限に接近していくことである。「馬丁」が「女中」に抱きついたときから、緊迫の現在形が過去形を駆逐してしまい、物語る「私」と物語られる「私」の差異が無くなってしまうように見える。「いま」はその後二回、現在形と共に登場し、したがって時間的な遠近法の確固とした基点というものが不在の、移動する「いま」の語りとなる。

物語られる「私」が子供らしさを示すとき、物語る「私」にとっては差異化の好機であろう。例えば馬車の車輪が「大きい」のは、「小さな」子供の眼差しにとってのことでもある。現に「私」は、怪しげな「馬丁」のことも忘れて子供のように「嬉々として」（D 254）馬車に乗り込んだりするが、それについて、物語る「私」による相対化はまったくなされない。

## 知と笑い

後の出来事を先回りして述べる「先説法」は、一人称で語られる物語言説の「回顧的性質」にこそふさわしいと、G・ジュネットは言う。[*11]『田舎医者』には「回顧」のための確かな基点がそもそもあやしいのだが、しかし先説法はないことはない。「女中」が「いま」馬を調達しに駈けずり廻っているが、「しかしそれには見込みはない、そんなことはわかっていた（ich wußte es）」（D 253）。やがて手ぶらの女中が登場する。わかっていること・知っていること（wissen）は、状況（それがどんなに錯乱しようと）に対する説話的な優位ということに関わる。

物語言説の時間と物語内容の時間が甚だ接近している故に、語る余裕というものがほんらいほとんど許されないこの物語言説において、「知っている（wissen）」レヴェルは溺れる者が摑む藁である。一瞬一瞬流れ去っていく出来事の時間に対して、wissen の時間は「知っている」主体の座を手放さないための考える時間であり、出来事の不可逆性に抗して可逆的にこれを検証し直す時間である。それにそもそも無知でさえ、かの「無知の知」というかたちで優位に立とうとする。知らないことを「知っている」、つまりメタレヴェルの優位である。

さて、「使っていない豚小屋」から見知らぬ男が這い出てくる！　この異常事に対して「私は何と言うべきかわからなかった（Ich wußte nichts zu sagen）」、そして身を屈めて豚小屋を覗き込む（D 253）。これを文字どおりの無力として受け取ってはならない。[*12] むしろそこに意図的に平静を装う対応というものをみるべきなのであり、偶発事に対してとり乱さないレヴェルというものが、wissen を手がかりに追求されているのである。

すでに『夫婦』の章でみたことを再録する。それをほんらいここでこそ扱わなければならないのは、まさにこの『田舎医者』を材料に、かつてW・カイザーが、異常事を格別の驚きもなしに受け入れてしまうのがカフカの人物の「グロテスク」な特色であるとしたからである。「カフカにあっては、初めから世界が異様なのだから、〈出会い〉も、突然の侵入も、ことさらの異化も生じないのである」。[*13] このちょっと大味すぎる指摘に逆らって、重要な〈出会い〉があることを確認しておこう。

あの一見なんとも奇妙な笑いこそそれである。[*14]「使っていない豚小屋」から見知らぬ男が這い出てくる、というこの異常事を目の当たりにして「何と言うべきかわから」ない「私」の横に女中が来て、なんと「二人して笑った」のだが、その直前に女中は次のように言って、笑いを惹起したのである。

「自分の家にどんな物をしまい込んでいるやら、わかったものじゃありませんね（Man weiß nicht, was für Dinge man im eigenen Hause vorrätig hat.）」

（D 253）

不定の「ひと（man）」を駆使することで一般論ということになり、それが異常事の「いま」と「ここ」の衝撃をまず無化しようとしているのは言うまでもない。「知っている（wissen）」こそが問題だ。「わかったものではない」が、主文を構成し、異常事を副文の中に囲い込み、かくて二重の意味での「貯蔵」がなされる。つまり、異常なものを「しまい込んでいる（vorrätig haben）」ということを「しまい込む（副文の中に囲い込む）」。たとえ否定文であろうとこの wissen のレヴェルは「無知の知」という起死回生の奥の手であるし、異常事を二重に「しまい込んだ」からこそなんとか背水の陣で「笑える」のである。そういう笑い、そういう〈出会い〉なのだ。

これはもちろん例の死刑台ユーモアでもある。異常な事態に遭遇して困惑する自我の立場から視点を超自我に移す、すなわち異常なものを悠々と囲い込んで無化する、鷹揚な上位の審級へと移す。

## 命名の転変

〈出会い〉の一つの証明として命名の転変がある。豚小屋から出て来た見知らぬ男をまず「或る男（ein Mann）」とごくふつうに呼ぶが、次にはもう馬との関連で「馬丁（der Pferdeknecht）」と手段化してみせる。すなわち見知らぬ者を配下に取り込んで無害なものにしようとする。そしてまた次の瞬間もう媒介としての馬をはずして単に「従僕（der Knecht）」、つまり「従僕」そのものというふうに、いよいよ大胆に（じつは必死に）取り込もうとする。

ところがこの「従僕」が本領を発揮して暴れだし手に負えないとなると「この畜生（Du Vieh）！」と叫び、「鞭がほしいか」となるが、事態のそこまでの深刻化に耐え得ないのか思い直して「或る見知らぬ人（ein Fremder）」、と無関係化しようとし、反動的にはじめのein Mannよりも後退する。後退したからといってしかし敗北の表明ではなくて、「彼がどこから来たのか私は知らない（nicht weiß）」のだからと、「知っている（wissen）」のレヴェルで理由づけがなされ、状況に対する優位の救出は試みられているわけだ。

そしてとうとう「或る見知らぬ人（ein Fremder）」と丁寧な呼び名にしてその人の好意的wissenを連結し和解することまで願われる。「私の考えがわかるかのように（Als wisse er）彼は私の威嚇を悪くは取らなかった」（D 253f.）。「連結原則」については後に詳述するが、wissenのレヴェルにまで「連結」が及んでいるのは、この語りの内的特性をよく告げている。

「括復法」

錯乱し襲いかかってくる状況を距離づけ食い止める作業を行なっているのは wissen のレヴェルだけではない。「括復法」と名付けられる、幾度も反復して生起した同様の事象を「一括して引き受ける物語言説[15]」は、有効だろうか。

私の回りの人々はこんな調子である。いつも不可能なことを医者に求める。

(D 258f.)

憂鬱な語り口であるとはいえ、このとき、物語る「私」の存在が最も確かなものとなる。「いつも」という「頻度の指示[16]」(これは「括復法」の目印となる)が、ほとんど乱暴に事象を数珠繋ぎにするのだが、その際「人々」の諸々の要望を「不可能なこと」というふうにこれまた乱暴に抽象化してしまう。

物語られる「私」も、「括復法」めいた経験の結集を行なおうとするのは、助かりそうもない患者に慰めを言うときである。

「きみの誤りは、見晴らし(Überblick)というものを持っておらんことだな。すでにありとある、そこらじゅう(weit und breit)の病室に足を運んだ私が言うのだよ、きみの傷はそんなに悪質じゃないよ」
(D 260)

「そこらじゅう」と韻を踏んで束ねられた空間的な広がり(したがって、空間的な「括復法」と呼んでもよい)が、経験の豊かさを表わす。「括復法」はまさに状況に対する「見晴らし」と関係するのである。

## 2 知の外、語りの浮遊

### 語り手の知の限界と読者

この語り手「私」の「知っている(wissen)」の語法は、非身体的知性が愛用するものである、防塁として。この防塁が機能しなくなるプロセスに読者も呑み込まれそうになる。

物語の荒海での知(wissen)による必死の舵取りは、大いに意義深いものであるが、一方その限界もまた見えている。そのとき、物語る「私」の視点の外に読者が出る、ということが可能になる。

患者の傷がちょっと見には発見され得ないのは wissen のレヴェルが事実を隠しているからなのである。


思った通りだ、この少年は健康なのだ（Es bestätigt sich, was ich weiß: der Junge ist gesund.）。（D 256）

事実をきちんと確認することの邪魔をするのは、お役所仕事的なレヴェルにおさまっている知であり、だから少し後に弁明のようにこうある、「私は地区によって雇われており、私の義務をほとんど過剰なくらいに遂行している。俸給は低く〔……〕」（D 256f.）。「私」が自らシステムの一員であることに言及してみせるとき、このテクストの「知」や語りが「地区」という狭い息苦しい行政空間の中で呼吸している、というメタレヴェルの認識に読者は導かれる。「私」はなにも革命的な知と実践を追求しているわけではない、ということをシニカルに言う、「私は社会改革家ではない」（D 256）。

知らず知らずに無防備になってしまうこと、語るに落ちてしまうこと、このようなことは語り手の wissen のレヴェルにとっての陥穽であるが、受け手が能動的にテクストに分け入る絶好の機会である。もともと語り手自身が大いなる「当惑」のなかに居るのだから、この語り手によって知られざるもの[*17]や統御されていないものが少なからず浮上するはずである。それらがこの物語の展開に占める機能とはどのようなものなのか。以下身体という知の外部をみる。

## 知の外としての身体

「知（wissen）」の限界ということでは、とりわけ身体性が浮かび上がって来る。「御者の役は私がつとめよう、きみは道を知らないだろう（du kennst nicht den Weg）」（D 254）と「私」が「馬丁」に言うとき、「私」は身をもって体験的に知っていること（kennen）を無邪気にアピールしているが、このとき暗に、理論的・形式的にのみ知っていること（den Weg wissen）を退けている。

wissen（知っている）と glauben（信じる）の対照というのもあり、そこでは glauben の頑迷さの前に wissen は無効になってしまう。

「私」の窮状について、

皆は何も知（wissen）らない。たとえ知っているとしても、信じ（glauben）ないであろう。（D 257）

そして「これらの人々とわかり合うのは難しい」と続く。

村人たちとわかり合うためには裸の付き合い（文字どおりの！）というのも必要なのであろう、なんと「私」は衣服を剥がれて患者のベッドに一緒に寝させられるが、それに抵抗はしない。「ベッドの前という決まり切った位置」を占める医者自身が、ベッドの中へ移されることによって、医者の「客観性という防塁」[*18]が崩れる。

すべて、身体性に対して「私」の wissen が、潜在的に、まったく無防備であることの帰結である。これは、知に対する知の外部（身体・無意識）の復権という二項対立的な読み方[*19]へと当然誘うのであるが、むしろ、換喩的語りにおける一元的な「連結原則」を見るような読み方を次の第3節「繋がれる身体、後説法と無意識」以降で試みてみよう。

語り手の身体性

「私」は語りの単なる視点ではなく、潜在的には非常に身体的な、エロティックな存在ですらあるが、読者はこの「私」の身体性をほとんど感じない。彼が裸になっていても事情は変らない。視点だけが身体から離れて浮遊するような叙述さえある。それは、危険が身に迫る「女中」を残して「私」だけが出発してしまう羽目になる場面で生じる。そこでは「私」の気持ちは「女中」の許にありながら、身体は出発してしまうのである。

例えば次のような直喩はどうだろう。

馬車は、水流に引き込まれる木材のように、さらわれるように動きだした。

(D 255)

木材が水流に引き込まれる様は、当然木材の外から（例えば上から）見られるわけだが、この場合、馬車には話者自身が乗っている。したがって第三者的な、身体なき視点が出て来ている。ここに欠けているのは、身体として在る「中心化」、いまとここにある原点としての自己[20]、なのである。もちろんこのときにこそ物語る「私」が物語られる「私」に距離を置くことに成功しているのだと言えないこともない。が、それは、「出来事の客体[21]」として翻弄される自分が死物のようによそよそしく感じられる、というような意味においてである。

この文脈からすると次のようなほんらい別に何の変哲もない叙述にも嫌疑がかかる。

私はもうあそこに着いている（bin ich schon dort）。

（D 255）

「脱中心化」すなわち「知覚的には、ここにとどまりつつ、表象のうえでは、あそこに身を移してみる」[*22]、というのも人としてあたりまえの能力であるが、ただし「中心化」が安定していてこその「脱中心化」であろう。

さて、身体性が希薄なこの「私」が、唯一例外的に生々しく感知されるシーンがある（ただし「私」が感じるのではない）。例の髭のシーンである。

私が自分の顔を少年（患者）の胸に当てると、少年は私の湿った髭の下で身震いをする。

（括弧内の補足は引用者　D 256）

「私」が髭をたくわえていることを読者はここで初めて知る、だけではない。この「髭」はもう一度刺激的な登場の仕方をする。突然皆が寄ってたかって「私」を裸にしてしまったときに、これがものをいうのである。

私は、裸にされて、髭に指を入れて、頭を傾げて、皆を静かに見ている。私はまったく落ち着いており、皆に対して優位にありその状態を維持している。

(D 259)

裸の状態では「髭」がアイデンティティの最後の砦になっている。「アイデンティティ」は、「私」という例の「中心化」のあやしき存在には、悩ましいコトバであろうが、とにかく、これは、状況に対してとり乱さないレヴェル、「優位」というものを正面から扱っている、貴重な一節である。もはや「知(wissen)」がまったく役に立たないとき、体を張った抵抗しかないわけで、「髭」を強調するかのように撫でながら「頭を傾げ」る身振り(『変身』のあのお披露目のシーンを想起させる)が、窮余の策となる。

さてツルゲーネフ版と何がどう違うのか。ツルゲーネフ版の女性患者の髪の毛が医者である「私」に触れそうになるあの箇所を参照しよう。

私が身を屈めると、娘は髪の毛が私の頬に触れるほど、耳もと近く口を寄せました。——正直に白状しますが、私は頭がくらくらとして来ました。*23

恋情が昂揚するこの山場をカフカ版はきわめて異化効果的に換えていることになる。単純に、「私」が娘の「髪の毛」を感じる側であるツルゲーネフ版とは逆に、カフカ版は「私」の「髭」を感じるのは患者であり、それを見て取るのが「私」で、そのとき読者もまた「身震い」をして「私」との身体的な同一化から切り離される、というふうに視覚的・媒介的に読者との関係を作っている。

ところでその次の裸の「私」にとって「髭」が最後の砦になっているシーンでは、読者としても今度はこの「髭」が究極の同一化の目印である。このように、カフカの場合、「私」語りであっても、読者の豊かな「文学的な視覚」の余地は確保される。

## 3　繋がれる身体、後説法と無意識

### 換喩的展開

物語内容の錯乱を精一杯統御する物語言説とその限界をみてきたが、それとの関係において、以下物語内容の展開の分析を行なう。展開の分析であって物語「内容」そのものの分析ではない（そもそもそういう孤立化・実体化された「内容」は存在しない）。

あくまで物語の展開そのものの次元にとどまり続けるために、水平軸と垂直軸に添った展開というものを考えてみよう。水平軸は隣接するものの換喩的連結であり、垂直軸は類似するものの隠喩的構築である。[*24] その際、重点は水平軸に沿った換喩的展開の方に置かれる。馬の不在ゆえに中庭（Hof）に立ち尽くし「当惑」している時点から話は始まっており、このHofがもう色濃く換喩的（連続する部分で全体を表現）で、頭韻で結ばれた「家屋敷（Haus und Hof）」というものを表象する。

豚小屋から馬が出て来るというのは奇異である。この奇異である分すぐに隠喩的な、一対一の対応の意味をそこに探してしまいがちである。[*25] が、この馬とは何か、何の譬えなのか、と問うのではなく、換喩・隣接的にアプローチするなら、馬を「家畜」の項に包摂することもできる。「家屋敷」のなかの同じ家畜だと思えば、豚小屋から馬が出て来る衝撃を和らげることができよう。この換喩的連結から例の発話を再度検討すると、笑いは倍加する。

「自分の家にどんな物をしまい込んでいるやら、わかったものじゃありませんね」（D 253）

「どんな物」という丼勘定（豚も馬も似たようなもの）が、乱暴に、異常事態を馴致・認容しようとする、というわけである。

事物を隣接させる項を多様に張りめぐらし、意外な連結を増殖していく原理を、R・ヤーコブソンは「接近連合」と名付け、「見慣れた諸関係の転位」[*26]を大きく取り上げる。「創造的」な「換喩は事物のありふれた秩序を変えていく」[*27]。

同じ家畜とはいいながらしかし馬はやはり特別であるらしい【図12】。その脚が、走りが、どうもカフカの気に掛かるところなのだ。『インディアンになる望み』には疾走する馬への特別な思いが垣間見え、『失踪者』のカール・ロスマン（Roßmann）の逃げ足は「馬のよう」（V 286）であり、『新しい弁護士』の元は馬であった人物が、「両ふとももを高く上げて」（D 251）歩く姿は爽快である。そして豚小屋から出て来た馬たちも、「すぐに脚を高く上げ直立した」（D 253）。この特別な存在である馬が換喩的などさくさに紛れて颯爽と登場する衝撃が素晴らしい。馬が換喩的に現れたのは「偶然」のなせるわざであり、「偶然」にならば何が起きても不思議ではな

図12 叔父ジークフリート（『田舎医者』のモデル）

いという言い方にも笑いがある。

（豚小屋から出て来るのが）もし偶然馬でないなら、豚にひかせて走らなければならないだろうに。

（括弧内の補足は引用者　D 257）

「偶然」になら何が起きても不思議ではないという言い方が笑い狙いであるのは、「豚にひかせて」のどぎつさで判明する。

既述の通り、豚小屋から出て来た見知らぬ男をまず「或る男（ein Mann）」とごくふつうに呼ぶが、次にはもう馬との関連で「馬丁（der Pferdeknecht）」と、見知らぬ者を配下に取り込んで無害なものにしようとする。が、このなにやら無礼に振る舞う馬丁を「この畜生！」と呼ぶとき、馬と馬丁を隣接関係で一纏めに扱ってしまっているのである。「この畜生！」がまずは換喩的に作用するのが可笑しいが、換喩である限り語り手「私」は、事柄の猛威を押しとどめることができない。

「畜生！」は隠喩でなければならない、隠喩として機能しなければならない（逆説的に、相手の人間性を喚起しなければならない）。たとえ隠喩と呼ぶにはあまりにも慣習化した表現であろうと。隠喩であるから、意味されるものとの間にはほんらい不連続性・断絶があり、怪しげな狂暴な存在に対する防壁としての機能を担うはずなのである。そのとき必死に遠ざけられるのは相手の暴力的な身体であり、仲直りをするとしても「知（wissen）」という非身体的レヴェルの連結になる（この連結についてはすでに述べた）。

そしてまた水平軸の展開を見よう。十マイル離れているはずの患者の家に、「まるで我が家の中庭の門（Hoftor）の前に直接に患者の中庭が開かれるかのように」（D 255）、あっという間に到着する。冒頭部分で別々に単独で登場していた「中庭（Hof）」と「門（Tor）」がここで当然のように連結しているが、それにつられるかのようにHofとHofの文字どおりの隣接性が生みだされている。強力な隣接関係が語りの異常を生むわけで、語りは、物語内容に対する叙事的な距離ばかりか、物語内容の中の距離までも喪失するのである。

## 連結する妹

換喩的連結・媒介の一つの要として、患者の「妹」[*28]がいる。医者が到着すると、患者の両親が出迎えに急ぎ、妹が後に続く。妹のこの「後続」ということは妙に印象的で、後に続くから女性看護師（Krankenschwester。Krankeの後にSchwester）そのものであり、患者と共に、さらに田舎医者と共に一つの緊密な全体を成す。『変身』なら「グレーゴルとグレーテ（Gregor und

Grete)」（妹が後ろ）という頭韻の連結もあるところだ、と付言するのは、『田舎医者』は『変身』の家族構成を再現しているようにも見えるからである。

妹は「私の手さげ鞄（Handtasche）用に椅子を持って来た」（D 255）。鞄という媒介物が補足されるわけだが、同時に「私」の「手」も目立っている。冒頭部分では「器具鞄（Instrumententasche）」（D 252）とそっけなく即物的に呼ばれていたものが「手さげ鞄（Handtasche）」とにわかに身体性を帯びている。なお、このように複合語の結合を自由に分解し、新たな結合を行なうことも、「隣接性」のなせるわざであると、ヤーコブソンは言う。*[29]

さて、残して来た「女中」のことが気掛かりですぐにでも立ち去る構えの「私」は、しかし今度は衣服を媒介に引き止められる。

妹は、私が暑さにのぼせていると思い、毛皮（Pelz）を脱がせ、私はそうされるままになっている。
（D 256）

Pelzとは毛皮のコート（Pelzmantel）の換喩的なものであるが、それ自体で「皮膚」という語義もあり、身体的に濃密なシーンである。だから、「毛皮」が脱がされる前に周到になされる「暑さ」という理由づけは、その周到さが逆に、隠されている性的なものへの注意を引く。

表面的な診察のあと今度こそは立ち去ろうとしている「私」を、またしても引き止めるのが、妹が振る「ひどく血のついたタオル」である。このくだりは die Schwester ein schwer blutiges Handtuch schwenkend（D 257f.）と頭韻（sch）で一気に連結されている。妹は「後続」するだけではなく、頭韻による連結の先頭にも立つわけだ。ちなみに「振る（schwenken）」は、今となっては愛しきあの「女中」が冒頭の中庭にランタンを「振って」現われるのを連想させる。そしてさらに「タオル（Handtuch）」の Hand- の連結力も無視できない、それは何とでも「手を繋ぐ」用意がある。『田舎医者』において Hand はもちろん単独（「自由形式」として）でも用いられているが、じつは濃厚に「結合形式」[30]であって、複合語となることを常に準備している。

とうとう「私」は診察に本腰を入れ始めるが、それを見た「家族は喜んでいる」とまず集合名詞で語られた後にもう一度個々に映像的に手早く見せる。喜んだ妹は母に告げ、母は父に、父は客人たちに、というふうに連動する（D 258）と。カメラを横に「振る」撮影技法のパンはドイツ語では Schwenk であり、このパンの被写体の起点としてまたまた妹が居るわけだ。

## 連結する換喩的存在としての父

さてツルゲーネフ版ではさりげなく言及されただけの「ラム酒[*31]」は、カフカ版では父親の処遇をめぐって、まことに驚くべき手立てで利用される。

父親も連結・連動の中に居る。孤高の座から、指令したり、抑圧したり、切り裂いたりする、あの圧倒的な父親はここにはもはや居ない。妹が連結にいそしんでいる間、ふいに彼も「グラス一杯のラム酒（ein Glas Rum）」と共に（厳密にはラム酒の後から）登場する。彼はラム酒の主語でさえない。

> グラス一杯のラム酒が私にすすめられる。老人が私の肩をたたく。自分の宝物を差し出すことが、このなれなれしさを理由づける。（D 256）

無媒介に物語の中に導入されるこのラム酒は、二重の媒介を行なう。まずは、医者と「老人」との間の顕在的媒介であり、「飲みましょう」とか「一杯やりましょう」とかは換喩そのものが差し出されているようなものである。「飲みましょう」は、もちろんただ飲むだけではなく、それで「お近付きに」の意となる。「一杯やりましょう」のほうは、換喩としてより複雑で、酒という中身を容器「一杯」で代用している、だけではなく、字義どおりの「一杯」きりではないという意味ではさらなる換喩（この場合は提喩）ということになる。そしてラム酒と肩をたたくしぐさ（これは「私の」数少ない感触となる）が、無駄なくモンタージュされて、一挙に因果関係が浮かび上がる。

もうひとつの媒介はさりげない潜在的なもので、かなりあとでことのついでのように触れられる。

父親は手にしたラム酒のグラス（Rumglas）の匂いを嗅いでいる。（D 257）

無媒介に物語に導入されていたのはラム酒だけではなく「老人」もであるが、それが父親のことであるのは、この箇所で初めて確定する。「老人」とはもちろん意図的に書かれたものであろうから、語り手は「無意識の悪意」ということと戯れてみせているわけだ。そもそも無意識というものが問題になるのは「事後的に」[*32]であり、遡って語る「後説法」[*33]（「先説法」の逆）には無意識への言及が絡むのである。

さてこの「無意識の悪意」の「後説法」が見事であるのは、この遅れに父親の象徴的な権威の下落が顕になるからで、ただの「老人」でしかない者がラム酒の後からまず剝き出しの姿で登場し、それがラム酒に媒介されて、「アルコールの力を借りて」、やっと父親存在に到達するという事態なのである。そうすると短篇集『田舎医者』がこの作者の父親に捧げられているのは、ほんらいの指示対象への「無意識の悪意」ということになるのであろうか。

さらに付言するならば、バルザック版『田舎医者』の主人公は男なのに殊更に「母性」を発揮して献身的な名医となる。[*34] カフカ版の『田舎医者』には一見その傾向は露出していないが、この作品がのちの『夫婦』に繋がるとすればそこで噴出する「母性」の源流はそもそもこの文学ジャンルにあったのかもしれない。

## 4　語りの遅れ、水平的連結という動き

### 叙事的な他者性

『田舎医者』はその様々の辻褄の合わない部分のために、「夢」と見なされることが多い[*35]が、夢解釈領域への精神分析論的逃亡（判り急ぎ）の弊害は、とりわけ主体への回収[*36]にある。例えば「馬丁」や「患者」をあっさり「私」の別の姿であるとみなしてしまうと[*37]、「馬丁」や「患

者」の叙事的な他者性はいっぺんに霧散してしまう。そして、「女中」に対する「馬丁」の暴力を無害なものと受容したり、[38]「患者」と「私」との対話の緊迫性を等閑に付してしまったりすることになる。叙事的な他者性に対する無頓着、これは、いわば横倒し厳禁のところを乱暴に転がしているようなものである。

辻褄の合わない不条理なものは、現在進行形の物語言説[39]が物語内容に逆作用した結果である、と考えるよう辛抱強く努めなくてはならない。つまり語りの「当惑」(あるいはその扮装)が物語内容を多様に歪曲してしまうのだと。とりわけ語りにおける「遅れ」が「当惑」に拍車をかける。

唯一の固有名詞「ローザ(Rosa)」の遅れ

まず「ローザ(Rosa)」について。冒頭では「私の女中(mein Dienstmädchen)」であったものが次には「女の子(das Mädchen)」と、別に何とはなしに言い換えられているのだが、このとき手段の衣を脱いだただの女性を生じさせており、やがて「馬丁」ではなくなったただの男に奪われることになる。この男が、語り手の「私」をさしおいて、彼女の名前Rosa(テクスト中唯一の固有名詞!)を最初に告げるのであり、したがってこのとき「私」は語り手の地位まで奪われてしまっている、「お供はしませんよ、あっしはRosaと残るんで」(D 254)。固有名詞は、ゼロ記号であるという意味では、テクスト（織り物）の穴である。穴から身体が覗く、誘惑的な。その直後、語り手は失地を回復すべく、急ぎ Rosa の名と「先説法」をもってくる。

「いやだ」とローザ（Rosa）は叫び、自分の運命の不可避性を正しく予感して、家に走って行った。（D 254）

「いやだ」とは語り手自身の叫びであるかのようである。そして「運命」を口にするこの「先説法」は物語に対する「見晴らし」であるには陰鬱すぎる。とにかく語り手が遅れをとること、この「遅れ」が Rosa に関するすべてである。Rosa を失って初めて「彼女」（Rosa の名が登場した瞬間から中性 es ではなく女性人称代名詞 sie に変化する）の存在の大きさが意識される。やがて「この美しい女の子」（D 257）とまで語り手は口にしてしまう。この「美しい」というたった一つの形容詞が雄弁な「後説法」になっており、それだけで、今になって初めて意識にのぼる美しさであることが言い表されている。だから「この美しい女の子」が「何年も、私にほとんど無視され」てきた、と続くのは、「後説法」には無意識への言及が絡むということ（これについては既述）の念押しのようなものである。

「遅れ」をとったことの「私」の喪失感の大きさからRosaの名は頻出することになり、やがて文頭にRosaが置かれ、これがなんと主語ではなく患者の傷の修飾語なのである！　ここでカフカはいかにもありそうなベタなアイデアをぎりぎり当て擦ってみせる、つまりRosa Wunde（rosaは付加語の語尾変化をしない）という表現なのだがそれを踏みとどまる。この敢えて書かれない大文字の「薔薇色の傷（Rosa Wunde）」はRosaの官能的なものと「傷」という否定的な現れとの衝撃的な接合である。これには固有名詞的な唯一のモノ＝享楽の極を指示するという含みもあり、ならばこれはカフカ文学が精神分析的な欲望の核心に最も肉薄する瞬間である。

### 水平的連結

さて傷については三段階あって、この語りにも「遅れ」が仕組まれている。つまり一度には見せない。

（一）まず、ちょっと見には傷は発見され得ないが、「知（wissen）」という非身体的レヴェルが障壁になっているのだということを、もう一度詳述する必要はないだろう。

（二）傷が見つかる。「腰の辺」に「手のひらの大きさの」傷が（D 258）。この「腰の辺」が換喩的だとする指摘[*40]は、性的なものに隣接する位置による暗示を問題にしているのであるが、換喩ということでは、そして語りの動きということでは、「手のひらの大きさの（handtellergroß）」という形容詞の方がはるかに重要である。語り手の潜在的な身体性が手に集中し、それが語りを先導する。「私」が「手さげ鞄（Handtasche）」でまず繋ぎとめられていること、そしてHand-が何とでも「手を繋ぐ」用意があることは既に述べたが、次の換喩をみればそもそも手は、身体性の担い手として、いかに濃密にこのテクストに織り込まれているかが判る。

牧師は家に居てミサ服を次から次へとむしり破っている。しかし医者は自分のきゃしゃな外科医的な手で、何もかもやらなければならないのだ。

（D 259）

牧師はもう仕事を放棄しているの意で「むしり破」られる「ミサ服」は、換喩そのものであるが、医者に関してはそのような道具立ての代わりに、身体そのものを辿って「きゃしゃな（zart）外科医的な手」に行き着く。「きゃしゃな」という外科医師には似つかわしくない形容詞が、手をナルシシズム的な近さに引き寄せる。もちろんこの近さがものをいう。

ところで、「薔薇色の傷（Rosa Wunde）」、あるいは死の「花」（D 258）の描写は確かに意味ありげで、それが何の隠喩であるか、何を意味しているのかについては、どのようにでも言える。[*41]だがまずはもっと地道に基礎的なことを考えてみよう。Rosaと傷との電撃的な結合の基礎にはベッドがあって、それが性的領域と病（死）の領域を隣接させているのである。互いに異質なものの「添い寝」の場であるベッドの威力、これこそが問題だ。

患者の母が「ベッドのところに立っていて私を誘う」（D 256）というのも字義通りには意味深長ということになりかねない。

患者は医者にベッドで「死なせてください」と囁く、そしてベッド（Bett）からその願い（Bitte）を繰り返す（D 255）、とまたまた頭韻の連結。そうかと思えば、「助けてくれますか」（D 258）と平気で反転するが、それくらいの「寝返り」に驚いてはならない。

医者が裸で患者のベッドに入ったりまでする不思議な連結において、この患者の対応が洒落ている、

「助ける代わりに、僕の死のベッドを狭めているのですね」（D 260）

この洒落一つで不思議な連結は合理化される。互いに異質なものを連結してしまうベッド

という場の「寝わざ」の妙は、まさに「場所の物神化」である（プルーストにおける場所の要素による換喩的連結を分析しながら、G・ジュネットはこの「場所の物神化」[*42]を口にする）。「物神化」されたベッドは、『田舎医者』のみならず、カフカ文学そのものの生成に大きく関わっている。なにしろ「変身」すら引き起こすベッドなのだ、こんな「薔薇色の傷（Rosa Wunde）」など軽いものである。

『判決』では父親が突然ベッドのうえに屹立し、ベッドが判決を下す高みとなり、ベッドの水平的機能が否定されて垂直的機能に移行する。[*43] この垂直的機能は、まさに垂直軸に沿った隠喩の展開であって、ベッドから法廷という意味が「身を起こす」[*44]。隠喩の源である父親存在というものの隠喩の実演が、ベッドにおいてなされる。それに対して『田舎医者』のベッドには水平的な「添い寝」の機能しかない。重々しく性的領域を仕切る父親は不在である。すでにみたように、そもそも連結の父親なのだから。水平軸に沿った展開が、水平的機能のベッドを見出すということ、『田舎医者』の動きの「深い意味」はこれに尽きるといって良い。

（三）そして傷のクロースアップがある。「もっとひどいことになっている」とまず語り手は言っておいて（読者に気を持たせておいて）、すぐには傷を描出しないでさらに一文挟む、こういう主観ショット（ＰＯＶ：Point of View shot）の構成（まず見る主体の表情・視線を映し、つぎに見られた客体を接合するモンタージュ）は常套の映画技法である。

誰がそれをかすかに口笛を吹かないで見ることができるだろうか。

（D 258）

この一文に読者も映画観客のように同一化して口をすぼめる、そして、この「口笛」で、状況の衝撃と折り合いをつけるべくそれを戯れの領域に「吹き」飛ばそうとする。つまり「口笛」は、「知（wissen）」が役に立たない段階での代役なのである。そして肝心のPOV画像を読者も凝視する、「私の小指ほどの虫たち」が傷のなかでうごめいているのが見える！前出の「手のひらの大きさの」が、隣接関係で、「私の小指」へと手の形象をそのまま辿っている。徹底的に手を媒介にするという手法には既述のように映画的な理由もある。[*45]

さて、「虫」は精神分析的には重要な性的象徴[*46]であるというから、手という身体性が性的な意味を持つということがここで決定的になる、ということなのだろうか。そういう読み方はこれまで禁欲しているのであるが。「虫」の大きさを表すのに「私の小指」というような個人的な尺度が使われていることに、W・H・ゾーケルは注意をはらって、「虫」と「私」との「秘かな繋がり」が暗示されている[*47]と述べる。一般的なものではない、極私的・単独的な享楽のなにかだからこそのRosaという固有名の登場なのであろう。

意味への安易な接合をできるだけ回避する上で気になるのは、帰途につく際例の馬の走りは隠喩性（不連続性）への移行を生み「非現世的な（unirdisch）馬」（D 261）というレヴェルが開かれるかのようであることだ。しかしこの二頭の馬は往路における爆走からアイロニカルに一転して「ゆっくりと」としか歩まず、「私たち（私と馬二頭）は、まるで老人たちのようにゆっくりと行った」（D 261）。この場合の「馬」のいかにもありそうな深い意味よりも、語りのアイロニカルな一転のほうを焦点化しよう。こんなアイロニーをも陰気にではなくおおらかに受け取ることにする（「死刑台ユーモア」の余裕で）。合唱隊のようなものが付くのも悲劇性のパロディのようなものであろうし。

生成する多様な連結とその動きに宿る無意識（テクスト自身の無意識！）に関わる読み方はとりあえずは目覚ましい「意味」に到達しないが、静的な「意味」へと荷下ろしをしないからこそ、「日常的な隣接関係を一途に破壊」[*48]する『田舎医者』の「創造的な」換喩的連結の凄まじさを、その動態において見極めることができる。

既述のように、父なるものを押しのける要素が『田舎医者』には露出しており、それがのちに『夫婦』の母なるものの顕現へと移行するとすれば、この移行の鍵は換喩的な語りの運動自体にあったということになる。

# おわりに

ほんらい可視化は非合理な蒙い領域に解明的な光を当てるという良き意図のはずだが、こんにち一般にそれは、息の詰まるような禍々しき話題でもある。近代以降の個々人の領域が隈無く可視化されて、誰もが自発的に自らを監視する二役を演じるとは、言うまでもなくあの「パノプティコン」についての言説である。このフーコーの監獄の連想で言うなら、容疑者の取り調べ過程の「可視化」にしてもその良き意図が裏切られて容易に恣意的なものになりかねない。

そのような「可視化」のレヴェルと、いま私たちが実り多い読書のために行なう或る種の「可視化」の工夫との違いは何だろう。私たちが目指すのは、要するに、解釈する主体の軸が僅かに脇に退いてテクストをめぐる諸関係がより見え易くなる、というような視角である。解釈する主体（つまり私たち読者の視点や存在）というものは逃れようもなく諸々の凡庸で権力的な関係に紛れ込んでいることを、私たち自身が見届けそれに対して距離をとろうとして踠（もが）く、その視角によって。

　というわけで、「見るという読み方」が首尾よく、未発見の何かに遭遇し得たであろうか。つまり、カフカ文学とは例えば『判決』における「扉の不在」から『田舎医者』における「ラム酒」に至るコース（さらに『夫婦』にまで通じる）なのである。前者では息子が父親からの逃げ場を失う（父親と向き合い続ける覚悟を固める）代わりに後者では圧迫的な父親存在がとうとう脱臼される（「老人」がアルコールの助けで辛うじて父親存在となる）。だとするとこれはカフカ流の「はにかみ屋の啓蒙」（つまり啓蒙化過程の裏技）とでも呼ぶべきコースである。この精神分析的な展開を時系列（本書の構成では敢えてこれを崩している）に整理し直してみるとこうなる。

1　家庭という檻の自覚（『突然の散歩』）
2　父の名（『判決』、『変身』）
3　父の名の後退と社会的な代替機構（『審判』、『流刑地にて』、『城』）
4　父の弱体化、享楽の核心（『田舎医者』）
5　母の「崇高」（『夫婦』）

あるいはカフカにおける視覚と身体に関してはどうだろう。『小路に向かう窓』や『判決』における二階の窓から眼下の小路に結びつけられている視線と身体性が、『変身』以後の高層化において分裂し、やがて『流刑地にて』の視聴覚メディアと身体の異様な向かい合いに発展して行くコースをも私たちはまさに見極める。このコースは、カフカが映像メディアの洗礼を強く受けていないながらも、それと彼の文学は必ずしも直接的で判りやすい影響関係ではないことを確認させる。セイレーンの「沈黙」を「聴かない」オデュッセウスというかたちの、「サイレント」映画へのカフカのスリリングな視覚的関わりこそ発見されなければならない。

さらに、カフカ文学の映像的な厳密さはじつは「些細な」ドア表現にこそ現れるという(かなり屈折のある)論考をほんらいここに付加すべきところだが、それを私は既に別の所で行なっているゆえ(拙著『ドアの映画史』参照)[*1]割愛する。ただカフカと映像メディアとの関係のちょっとした補足の意味で、「鏡」絡みのベンヤミンのカフカ像の或る核心にここで触れることにする。これもまた可視化をめぐっている。

まずはかの名著『複製技術時代の芸術作品』。映画俳優が撮影所で抱く羽目になる違和感についてベンヤミンは書く。

器械（Apparatur）を前にして俳優が抱く違和感は、ひとが鏡のなかの自分の像に対して抱く違和感と根っから同種のものである。*2

いささか不用意にというべきか、ベンヤミンは鏡と器械を同列に論じている。鏡がこの場合隠喩ではなく器械に準ずるものであるにしても、鏡は器械そのものではまったくない。柄谷行人から引用するなら、例えば写真は、「主観／客観の遠近法に対して、かつてない異化作用をあたえる」のであって、「異質な何か」として決定的な違和感を惹起する写真像を、主観は「鏡または鏡像の比喩に閉じ込められ」ることによって「従来の認識装置のなかに連れもどして」はならない。写真を前にするのとは異なって、「われわれはどんなに反省しても、結局〝鏡〟の外には出られない」*3（傍点柄谷）のだから。むろんベンヤミンは、器械を鏡へと引きつけているのではない。その逆で、鏡を器械へと引き込んでいるのだが。まったく異質な器械知覚のレヴェルにカフカと同じく決定的に洗礼を受けているはずのベンヤミンに、なぜこういう勇み足があるのか。

カフカについては次のような伝説をつくることができるかもしれない。つまり、彼は自分の姿がどのようなものであるかを生涯探し求めたのだ、鏡があることも知らずに、と。[*4]

鏡はこの場合もちろん隠喩であり、ここでもほとんど器械そのもののような「客観的な」外部性を帯びている。

ベンヤミンはカフカの馬の絵を知らないのかもしれない。したがって、カフカが光学器械の被写体としての自分を異様に凝視したに違いない人であることをベンヤミンは見落としているとまずは言えるのかもしれない（カフカの肖像写真についてのベンヤミンの観想の深さからすればまったくありそうな話ではないのだが）。[*5]

だが究極のところ器械知覚は「自分の姿がどのようなものであるか」を教えてはくれない。ベンヤミンはラカンばりの鏡像段階を論じているのであろう。つまり他者との鏡像関係が迷宮入りであること、これはなにもカフカに限ったことではなく、万人のありふれた経験である。鏡を器械の「客観的な」レヴェルに持ち込んだベンヤミンが、他方では、「主観」同士の生々しい格闘の場としての鏡像関係にも言及し、こちらの方がじつは本命なのである（とは言っても皮肉にもこれは未発表ノートのかたちだが）。すなわちカフカの小品『古い頁（*Ein altes Blatt*）』についてのベンヤミンのノートを以下参照する。

まずはカフカのテクスト『古い頁』のあらすじ。

私は宮殿の前に靴店を構えているのだが、あたり一帯が武装した遊牧民たちに占領されている。私の貯蔵物もかなり奪われた。それこそ肉屋には災難で、これら闖入者たちに肉を提供しなければ何をされるか分からない。困ったことになった、どうしたものだろう。宮殿は遊牧民たちを呼び込んだものの、追い払い方が分からないのである。

この小品の語り手「私」は、北方から闖入して来た遊牧民たちに対する大変な恐れを現在形で綴る。次の瞬間はどうなっているかわからないという恐れを。

ベンヤミンがノートしているのは、しかし、この場合凶暴な外敵というものは語り手「私」の一方的な思い込みの産物ではないか、ということである。闖入者たちがなにか「敵」らしいことをしたわけでもない。「〈敵〉についてはまったく一度も話題になっていない」。そしてこの闖入者たちが「暴力を振るうかは不確かである」として、ベンヤミンはこう推論する。

（この語り手の）報告は、（闖入者たちのなされてはいない）凶行を映してしまう鏡である。右と左がその鏡像において取り違えられている。*6

（括弧内の補足は引用者）

ここでは鏡は主観性の閉域を構成してしまい、他者を正確に映すことなどおもいもよらないものである。まさに「われわれはどんなに反省しても、結局〝鏡〟の外には出られない」のであり、ありのままの他者の像というものは私の喘ぐ鏡面で歪められざるを得ない。「私」という語りに依拠する限り、どこまで行っても「ありのままの他者」は不在であり、かつ自己は不可視のままである（誤解のないようことわっておかねばならないが、「私」語りを「彼」語りにしても事情は変わらない）。それを突破するのが、複製技術の器械知覚のレヴェルでも、これまた、なくて、けっきょく迷宮入りの鏡像関係に戻される。だからどうした？

「挫折」だの「絶望」だのを、カフカの呼称とすることに確かにベンヤミンも一役演じた。それには当のベンヤミンをも残酷に呑み込んだ不幸な時代の事情もある、が、ことカフカに関してはそれよりはむしろ、迷宮入りの鏡像関係（自律的な輪郭のある大人どうしの関係を倦むことなく目指してはいるのだが）という万人が関わり踠(もが)き続けるしかない平凡でしかし深いテーマを引き合いに出すことのほうがはるかに有効である。つまり、鏡を見ることによってまずは自己の透明性が否定され、さらに、人間が人間にとっての鏡である、ということこの上なく厄介な事態に紛れ込むこと、したがって例えば相互主観性（間主観性）というような錬金術的な概念も鏡の迷宮の意でしかないこと。そのようなきわめて基礎的な局面に、カフカと向き合う私たちは結局いつも立ち返る。

## 【註】

〈略号表〉

**B I** = Franz Kafka: Briefe 1900-1912. Herausgegeben von Hans-Gerd Koch. Frankfurt a.M. (S. Fischer) 1999.

**B II** = Franz Kafka: Briefe 1913 März-1914. Herausgegeben von Hans-Gerd Koch. Frankfurt a.M. (S. Fischer) 1999.

**B III** = Franz Kafka: Briefe April 1914-1917. Herausgegeben von Hans-Gerd Koch. Frankfurt a.M. (S. Fischer) 2005.

**B IV** = Franz Kafka: Briefe 1918-1920. Herausgegeben von Hans-Gerd Koch. Frankfurt a.M. (S. Fischer) 2013.

**D** = Franz Kafka: Drucke zu Lebzeiten. Herausgegeben von Wolf Kittler, Hans-Gerd Koch und Gerhard Neumann. Frankfurt a.M. (S. Fischer) 1994.

**NS** = Franz Kafka: Nachgelassene Schriften und Fragmennte I. Herausgegeben von Malcom Pasley. Frankfurt a.M. (S. Fischer) 1993.

**N** = Franz Kafka: Nachgelassene Schriften und Fragmennte II. Herausgegeben von Jost Schillemeit. Frankfurt a.M. (S. Fischer) 1992.

**V** = Franz Kafka: Der Verschollene. Herausgegeben von Jost Schillemeit. Frankfurt a.M. (S. Fischer)

1983.

**P** = Franz Kafka: Der Proceß. Herausgegeben von Malcom Pasley. Frankfurt a.M. (S. Fischer) 1990.

**S** = Franz Kafka: Das Schloß. Herausgegeben von Malcom Pasley. Frankfurt a.M. (S. Fischer) 1982.

**T** = Franz Kafka: Tagebücher. Herausgegeben von Hans-Gerd Koch, Michael Müller, und Malcom Pasley. Frankfurt a.M. (S. Fischer) 1990.

**AS** = Franz Kafka: Amtliche Schriften. Herausgegeben von Klaus Hermsdorf und Benno Wagner. Frankfurt a.M. (S. Fischer) 2004.

**BF** = Franz Kafka: Briefe an Felice. Herausgegeben von Erich Heller und Jürgen Born. Frankfurt a.M. (S. Fischer) 1967.

## はじめに

＊1　アドルノの昔からすでに指摘されていたことなのである。Theodor W. Adorno: *Aufzeichnungen zu Kafka*. In: Prismen. Frankfurt a.M. 1969, S.302. 邦訳『カフカ覚書』、『プリズム』所収、竹内豊治・山村直資・板倉敏之訳、法政大学出版局、一九七〇年、一八五－一八六頁。

＊2　これは枚挙にいとまがないことになろうが例えばW・イーザー『行為としての読書』（轡田収訳、岩波書店、一九八二年）によれば、「類似記号がその機能を充たすのは、対象との直接性が弱められ〔……〕直接性が否定される度合に比例する」（一〇六頁）。

＊3　Anne Brandt: *Franz Kafka und der Stummfilm*. Müünchen 2009, S.19.

＊4　Hanns Zischler: *Kafka geht ins Kino*. Reinbeck bei Hamburg. 1996, S.97.

＊5　恋人フェリース宛のこの手紙の十日後カフカは、批評で好評のこの映画について言及しているが、ポスター写真から受けた印象を「撤回しない」（Zischler, a.a.O., S.103f.）。

＊6　Bernd Busch: *Belichtete Welt. Eine Wahrnehmungsgeschichte der Fotografie*. Müünchen/Wien 1989, S.364.

＊7　「フェリーツェ」ではなくフランス語発音「フェリース」が正しい。これはボン大学のカフカ・ゼミ受講中の山下大輔氏（現京都大学大学院生）に調査を依頼した。

＊8　谷川渥『形象と時間』講談社学術文庫、一九九八年、一八七頁。

＊9　Klaus Wagenbach: *Franz Kafka. Bilder aus seinem Leben.* Berlin 1983, S.92.
＊10　谷川渥、前掲書、一八八頁。
＊11　アルトは正当にもこのシーンを取り上げている。Peter-Anndré Alt: *Kafka und der Film.* München 2009, S.29. 邦訳『カフカと映画』瀬川裕司訳、白水社、二〇一三年、三五頁。
＊12　カイザー・パノラマ（円筒形壁面の周囲の覗き穴から、中の写真画像を眺める娯楽装置）には映画にはない落ち着きがあると言うカフカ（Zischler, a.a.O., S.39f.）だが、それで満足はできない。カフカのパリへの再度の挑戦もツィシュラーは、映画メディアとの格闘というレヴェルで問題にしている。一度目は「ねぶと症」とともにカフカはパリから退散せざるを得なかったが、二度目はパリでしっかりと映画館通いをしている（Ebd., S.27f., 64-69.）。カメラ知覚（ならびに映写像のスピード）と観客の人間的な知覚との衝突と摩擦において、観客の知覚は擦り剝ける。この点、ツィシュラーが情熱的に追及している映画『白人女奴隷』の例（Ebd., S.47-60.）が重要だ。観てショックを受けたこの映画を想起するカフカの「辛さ」は、この題材にたいする「辛さ」だけではなく、そのときカフカは映画というものに襲われ、擦り剝け傷を負わされているのだ、と考えることもできる。
＊13　拙稿『カフカと映画』は、文学と映画の直接的な関係を徹底して遠ざけ、むしろ両者の「断絶的関係」を確認することから開始している（『カフカと映画』、『京都産業大学論集』第29巻第25号、一九九八年、三一六頁）。さて、アルトの調査は精細ではあるが、カフカ文学と映画との屈折ある関係についての探求にもっと頁を割いてほしいところだ。なお次のブラントの文献はシャープな力作であるが、刊行年が偶然アルトの著書と同年であり、影響関係が確認できない。Anne Brandt: *Franz Kafka und der Stummfilm.* München 2009.

なお、アルトもブラントもムルナウのドラキュラ映画『ノスフェラトゥ』（一九二二年）との影響関係を示唆しているのは興味深い。
　若きルカーチが一九一三年に、スクリーン映像において「自動車が詩的になった」とか、「路上や市場でのふつうの営みにユーモアや詩情が溢れる」など、溌剌たる指摘を行なっている（Georg Lukács: *Gedanken zu einer Ästhetik des Kino. In: Kein Tag ohne Kino.* Hrsg. von Fritz Güttinger. Frankfurt a.M. 1984, S.198.）のが、同時代のカフカの『失踪者』を味読する際の参考になる。

*14　Alt, a.a.O., S.33.

*15　ルドルフ・アルンハイム『美術と視覚』下巻、波多野完治・関計夫訳、美術出版社、一九七一年、五一六頁。

*16　しかし、「大写しにおいてカフカは全てを描き出さないので、その分、意味されている記号を見落とさないよう、読者は厳密に読むのである」（Anne Brandt, a.a.O., S.25.）。

*17　発行人クルト・ヴォルフ宛の手紙でカフカはこれを請願する（B III 145）。

*18　Friedrich Beißner: *Der Erzähler Franz Kafka.* Frankfurt a.M. 1983. 邦訳『物語作家フランツ・カフカ』粉川哲夫訳、せりか書房、一九七六年。

*19　若干列挙してみるなら、I・ヘーネルによればM・ヴァルザーの「一致（Kongruenz）」概念でさえバイスナーの「合一（Einsinnigkeit）」概念とは異なり、「語り手と主人公は同一ではなく、ただ一致（kongruent）であるにすぎない、従ってまた読者にも、主人公との自己同一化が許されない」という（Ingeborg C. Henel: *Die Deutbarkeit von Kafkas Werken.* In: Wege der Forschung – Franz Kafka. Darmstadt 1980, S.410f.）。W・クッツスは主人公に対して「距離

づけられた語り手」について具体的に分析している（Winfried Kudszus: *Erzählhaltung und Zeitverschiebung in Kafkas >Prozeß <und> Schloß<*. In: a.a.0., S.331-350.）。Ｂ・ナーゲルは、バイスナーの「合一（Einsinnigkeit）」に対する「原理的離反」をカフカの作中に見たりさえしながら、「語り手が主人公にどれほど合体しようと――つまり語り手が読者に対してどれほど不可視的になろうと――語り手のパースペクティヴは主人公のそれに、決して余すところなく重なるわけではない」（Bert Nagel: *Franz Kafka*. Berlin 1974, S.160, 165）。さらに Margret Walter-Schneider: *Denken als Verdacht. Untersuchungen zum Problem der Wahrnehmung im Werk Franz Kafkas*. Zürich u. München 1980. による（バイスナー理論寄りの）コプス（Jürgen Kobs）への異論がある（とくに S.9.）。最後にもうひとつ。「すべてが主人公の視点に基づいているわけではない」どころかカフカの語りにあっては、「懐疑的遠近法主義の万華鏡的な支配の下で」主人公は目標に到達できないし、事物は「それぞれの視点によりラディカルに違って見える」（Bettina Küter: *Mehr Raum als sonst. Zum gelebten Raum im Werk Franz Kafkas*. Frankfurt a.M./Bern/New York/Paris 1989, S.94, 95.）。

＊20　Jacques Lacan: *Die vier Grundbegriffe der Psychoanalyse*. Berlin 1996, S.101f. 邦訳ジャック・ラカン『精神分析の四基本概念』小出浩之・新宮一成・鈴木國文・小川豊昭訳、岩波書店、二〇〇三年、一二五－一二七頁。

＊21　Elisabeth Lack: *Kafkas bewegte Körper*. München 2009, S.162.

## 第一章　『判決』の眼差しゲーム

＊1　フェリースへ葉書を出してみた瞬間に「恋」の端緒が開かれ、『判決』の誕生に繋がったので、それ以降のカフカの「恋」の実体はフェリースへの手紙にしかない。言うなればこの手紙の役目は「生に誘惑されることなく生を引き寄せる」ことであった（Christina Zimmer: *Leerkörper. Untersuchung zu Franz Kafkas Entwurf einer medialen Lebensform*. Würzburg 2006, S.124.）。同様な表現で、フェリースへの手紙は「身体的には遠ざけながら彼女の存在を近くに感じる」機能であった（Marcel Reich-Ranicki: *Sieben Wegbereiter*. Stuttgart München 2002, S.208.）。

＊2　レミ・C・クワント『メルロー＝ポンティの現象学的哲学』滝浦静雄他訳、国文社、一九八一年、一二〇頁。

＊3　ミハイル・バフチン『作者と主人公』〈バフチン著作集第2巻〉、斎藤俊雄・佐々木寛訳、新時代社、一九八四年、四五頁。

＊4　窓枠は、近代人にとっては、外界に距離を置いて外界を新たに見出す枠組みとなり、かくて窓辺は「内的な集中と状況への平静な眺望を得るために」欠かせない（Tilly Kübler-Jung: *Einblicke in Franz Kafkas "Betrachtung"*. Marburg 2005, S.82.）。

＊5　ミシェル・フーコー『監獄の誕生』田村俶訳、新潮社、一九七七年、一六頁。なお、「パノプティコン」はイギリスの哲学者ベンサム考案の人件費節約の監獄であり、これをのちにフランスの哲学者フーコーが、近代的な管理システムとして取り上げた。

＊6　この作品は前年カフカが足繁く通った東欧ユダヤ人劇団の出し物から「直接的にパ

ラレル」に移し置いたぐらいに影響を受けているという (Evelyn Torton Beck: *Kafka and the Yiddish Theater.* Madison/Milwaukee/London 1971, S.76.)。作品内容のこの影響関係もさることながら、カフカにとって東欧ユダヤ人という存在が西側都会的ユダヤ人の根無し草的なありようを炙り出したことこそ、衝撃だった。だからこの作品の習作の標題は『都会的な世界』なのであろう。

＊7　ミシェル・フーコー『知への意志』〈性の歴史I〉渡辺守章訳、新潮社、一九八六年、一三三頁。

＊8　「ロシアの友人」の指示対象はまずは東欧ユダヤ人劇団員のレヴィであろう（Beck, a.a.0., S.87f.）が、婚姻との対立関係の点では、カフカの「書くこと」の聖域も想わせる。なお、「ロシア」の意味については、川島隆『カフカの『田舎医者』とロシア――ツルゲーネフ、東方ユダヤ人、性愛をめぐって』（『オーストリア文学』（21）所収、二〇〇五年、二－三頁)。

＊9　Peter U. Beicken: *Franz Kafka. Eine kritische Einführung in die Forschung.* Frankfurt a.M. 1974, S.243. はそのような批評を紹介している。

＊10　Theodor W. Adorno: *Zu Subjekt und Obejekt.* In: Stichworte. Frankfurt a.M. 1978, S.152.

＊11　啓蒙的に息子の側に肩入れする解釈の代表格としてW・ベンヤミンの名がバイケン（Beicken, a.a.0., S.242.）やヒーベル（Hans H. Hiebel: *Die Zeichen des Gesetzes. Recht und Macht bei Franz Kafka.* München 1983, S.117.）等によって挙げられる。バイケンによれば、ベンヤミンは「腐敗し寄生する父親世界の暴露」を『判決』に見ている。

＊12　Gerhard Neumann: *Franz Kafka. Das Urteil. Text, Materialien, Kommentar.* München 1981, S.35.

は、ヴュンシュ(M. Wünsch)によるこの作品世界の図解を載せているが、それはなぜかこの居間を省いてしまっている。

＊13 こういう恐怖像は映画的なクロースアップ(この場合はさらにビッグクロースアップ)なのである。Anne Brandt: *Franz Kafka und der Stummfilm.* München 2009, S.22.

＊14 Theodor W. Adorno: *Aufzeichnungen zu Kafka.* In: Prismen. 1969, S.317.

＊15 多木浩二『「布」のコスモス』(『現代思想』所収、14巻3号、一九八六年)の一節は非常に啓発的で、「布を絵画の構成要素とする傾向は、最もルイ十四世時代の画家らしい画家であったイアサント・リゴーの王や貴族たちの肖像画のなかで頂点に達する。布の輝きと動きをその絵から除いたら、権力者たちの表現は殆んどなりたたなくなるといってもよい」(二一七頁)。

＊16 父性隠喩やファリックな意味作用については、松本卓也『人はみな妄想する――ジャック・ラカンと鑑別診断の思想』(青土社、二〇一五年、二〇一-二〇八頁)。

＊17 Neumann, a.a.0., S.136.「二重拘束的な語り」。

＊18 カフカはプラハの「市民プール」の「熱心な使用者」だった(Klaus Wagennbach: *Kafkas Prag.* Berlin 1993, S.44f.)。

## 第二章 「小路に向かう窓」の変遷

＊1 Gerhard Kurz: *Schnörkel und schleier und Warzen. Die Briefe Kafkas an Oskar Pollak und seine literarischen Anfänge.* In: Der junge Kafka. Hersg. von Gerhard Kurz. Frankfurt a.M. 1984, S.74. カフカにとって生と繋ぐと同時に距離を保つ「窓」の機能は、後のフェリースへの「手紙」のそれと酷似している。

＊2 Hartmut Binder: *Kafka-Kommentar zu sämtlichen Erzählungen.* Regensburg (Winkler) 1977, S.59.

＊3 Mark M. Anderson: *Kafka's clothes. Ornament and Aestheticism in the Habsburg Fin de Siècle.* New York 1992, S.74-97. 邦訳『カフカの衣装』三谷研爾・武林多寿子訳、高科書店、一九九七年、一三二－一七〇頁。

＊4 Hugo Bergman: *Erinnerungen an Franz Kafka.* Universitas: Zeitschrift für Wissennshaft und Lieratur 27, Heft 7. 1972, S.745. その前のギムナジウム時代の一八九七年頃から昂じる一方の不穏な反ユダヤ主義的な動勢に対抗して自分（ベルクマン）はシオニストになったがカフカは「社会主義者」になったと、ベルクマンは報告している（Ebd., S.73f.）。この「社会主義者」で意味されるのは、大局的見地から見るカフカのチェコ人への配慮であって、彼のこの姿勢はその後職場「労働者災害保険局」がドイツ語の単独支配の空間では全然ないこと（Marek Nekula: *Franz Kafkas Sprachen.* Tübingen 2003, S.156.）においても生きて行く。

＊5 Klaus Wagenbach: *Franz Kafka. Bilder asu seinem Leben.* Berlin (Wagenbasch) 1983, S.21.

＊6 Binder, a.a.0., S.59.

＊7 Oskar Pollak: *Vom alten und neuen schönen Prag.* In: Deutsche Arbeit. Jg.6. H.12. 1907, S.778-782. なお、三谷研爾『世紀転換期のプラハ』（三元社、二〇一〇年）の『モダン都市への二重のまなざし』（一五〇－一六三頁）を参照。

＊8 Max Brod: *Ein tschechisches Dienstmädchen.* Berlin/Stuttgart/Leipzig 1909, S.7-10.

＊9　平野嘉彦『プラハの世紀末』岩波書店、一九九三年、二七頁。
＊10　同書、五三－五六頁。
＊11　Brod, a.a.0., S.24.
＊12　Ebd., S.53. 後年カフカの遺稿を献身的に管理・編纂するマックス・ブロートの人となりは、当初からカフカとの或る明瞭な差異を示しており、この差異がカフカにとって大いに生産的に（たとえ反面教師的にであろうと）作用したであろうことは、十分考えられ得る。
＊13　Jonathan Crary: *Techniken des Betrachters.* Dresden/Basel 1996, S.152. 邦訳『観察者の系譜』（遠藤知巳訳、十月社、一九九七年）の二一九頁には、視覚に強く影響する「身体的濃度」についてこうある。「視覚においてかつては中立的で不可視の相関項にすぎなかった身体は〔……〕ある厚みとなる。視覚のこの触知可能な不透明性、この身体的濃度」
＊14　Arthur Holitscher: *Amerika heute und Morgen.* Berlin 1919, S.43f.
＊15　拙稿『教養小説の崩壊――カフカ『アメリカ』』、『ドイツ文学』57号、日本独文学会、一九七六年、六〇－七〇頁。特に「ユダヤ人の」教養小説という角度から論述するのが次の書。Bernd Neumann: *Franz Kafka. Aporien der Assimilation.* München 2007, S.92-96.

## 第三章　カフカのオデュッセウスの塞がれた耳

＊1　Immanuel Kant: *Beantwortung der Frage: Was ist die Aufklärung?* In: Immanuel Kants Werke. Hrsg.

von E. Cassirer. Bd.IV. Berlin 1922, S.169. 邦訳『啓蒙とは何か』福田喜一郎訳、『カント全集14』所収、岩波書店、二〇〇〇年、二五頁。

＊2　Theodor W. Adorno: *Aufzeichnungen zu Kafka.* In: Prismen. Frankfurt a.M. 1969, S.341. 邦訳『カフカ覚書』、『プリズム』所収、竹内豊治・山村直資・板倉敏之訳、法政大学出版局、一九七〇年、二二七頁。ただし訳語を変えている。

＊3　Max Horkheimer/Theodor W. Adorno: *Dialektik der Aufklärung.* Frankfurt a.M. (Fischer Taschenbuch) 1975. 邦訳ホルクハイマー／アドルノ『啓蒙の弁証法』徳永恂訳、岩波書店、一九九〇年。

＊4　代表例として Jürgen Habermas: *Der philosophische Diskurs der Moderne.* Frankfurt a.M. 1985. 邦訳『近代の哲学的ディスクルスⅠ』三島憲一・轡田収・木前利秋・大貫敦子訳、岩波書店、一九九〇年。『啓蒙の弁証法』における、「啓蒙が自己を破壊するプロセス」(Ebd., S.130. 邦訳一八七頁）の論述は、「理性に対して」の「全面的」な批判となってしまう（Ebd., S.144. 邦訳二〇七頁）という。

さらに、Helga Geyer-Ryan / Helmut Lehn: *Von der Dialektik der Gewalt zur Dialektik der Aufklärung.* In: Vierzig Jahre Flaschenpost: >Dialektik der Aufklärung< 1947 bis 1987, hrsg. von Reijen und Noerr. Frankfurt a.M. 1987. 著者は、『啓蒙の弁証法』が「理性をあまりにも強く道具性へと押し遣ってしまった」(S.42) ことを論難しつつ、ホメロスのテクスト自体にある積極的な要素（自壊するオデュッセウス、主体としての女性像など）を救出するような読み方を求める。だが、「自律的な主体という幻想」による他者の破壊は「自らの破壊」なのだ (S.68f.)、という核心的なテーゼは、まさに『啓蒙の弁証法』に帰着する。

＊5　Walter Benjamin: *Franz Kafka. Zur zehnten Wiederkehr seines Todestages.* In: Gesammelte Schriften

Bd.II. 2 Frankfurt a.M. (Suhrkamp Taschenbuch-wissenschaft) 1977, S.415.

＊6　Walter Benjamin: *Der Erzähler*. In: Gesammelte Schriften Bd.II. 2. S.458.

＊7　カフカのオデュッセウス譚とサンチョ・パンサ譚の双方に大きな関心を示したベンヤミンの意図を受けて、困難な状況を絶妙に乗り越えるそれらのカフカ作品を論述する魅力的なエッセイは Gert Mattenklott: *Gewinnen, nicht siegen. Kommentare zu zwei Texten von Kafka*. In: Merkur 39. 1985.

＊8　ただし、権力関係の外には出られないという知は、その知の分だけは関係を意識化（相対化）できるが、関係への囚われの実質は変わらない。このリアルな認識からのロマンティックな逃亡が、外に出られるという安易な思いであり、結局よりタチの悪い権力関係を再生産してしまう。

＊9　Horkheimer / Adorno, a.a.0., S.34. 邦訳四五頁。

＊10　「臣下の席が空席になっているのではない。オデュッセウス自身がその座を占めているのだ」(Wolf Kittler: *Der Turmbau zu Babel und das Schweigen der Sirenen.Erlangen* (Palm & Enke) 1985, S.136.)

＊11　Norbert Rath: Mythos-Auflösung. *Kafkas Das Schweigen der Shirenen*. In: Zerstörung, Rettung des Mythos durch Licht, hrsg. von Christa Bürger. Frankfurt a.M. 1986, S.96f. 同時期にすでにアドルノは『カフカ覚書（*Aufzeichnungen zu Kafka*）』に取りかかっていたので『啓蒙の弁証法』における重複を避けたのではないか、と推測される。

　ところで、『カフカ覚書』（一九五三年）の刊行が『啓蒙の弁証法』（一九四七年）より後になり、後者が否定的に扱う啓蒙を前者がより肯定的に救い出して行こうとする。この重要な関係性を精細な論述で指摘しているのは、三原弟平『カフカ・エッセイ』(平凡社、一九九〇年)。「自らの『啓蒙の弁証法』をカフカに乗りこえさせようとするアドルノ」(一一四頁)。このことについては本文中で再度触れる。

＊12 Horkheimer / Adorno, a.a.O., S.42. 邦訳六七頁。

＊13 Ebd., S.53f. 邦訳八三頁。

＊14 Ebd., S.52. 邦訳八〇頁。

＊15 Ebd., S.52. 邦訳八一頁。

＊16 Ebd., S.32. 邦訳四一頁。

＊17 Ebd., S.95. 邦訳一五八頁。

＊18 Helga Geyer-Ryan / Helmut Lehn の言説、註4参照。

＊19 Rath, a.a.0., S.92.

＊20 Mattenklott, a.a.O., S.961, 965.

＊21 Horkheimer / Adorno, a.a.0., S.34. 邦訳四四頁。

＊22 Ebd., S.95. 邦訳一五八頁。

＊23 西川長夫『国境の越え方』平凡社、二〇〇一年、一八四-二二〇頁。

＊24 (フランス革命を観念的に乗り越えるべく)様々の二項対立を統合して「超克」するシラーの「美学」理論の「壮大な」使命が、顕著な例であるが、カントにおける萌芽から解き明かすべきであろう。カントの「構想力」概念は「悟性と感性とを結合する」(小野紀明『美と政治』岩波書店、一九九九年、八二頁)。あるいはデリダも、カント的な「構想力によって創造された芸術作品は、つねに矛盾を解消する」と皮肉を込めて書く

（デリダ『他者の言語』高橋允昭訳、法政大学出版局、一九九三年、一九四頁）。ロマン派においてさらに増殖していく統合的・弁証法的思考は、周知のように、ドイツ十九世紀の国民運動の思想的な中枢を形成する。

＊25　Rath, a.a.0., S.99.

＊26　Ebd., S.100.

＊27　フィヒテの「ドイツ国民に告ぐ」の第十三講演に、植民地主義には縁がないドイツ人というものが謳われている。『国民とは何か』所収、インスクリプト、一九九八年、一五六頁、一六四頁。

＊28　Sigmund Freud: *Das Unheimliche*. In: Gesammelte Werke Bd.12. Frankfurt a.M. (S. Fischer) 1969, S.237. 邦訳『無気味なもの』高橋義孝訳、『フロイト著作集第3巻』所収、人文書院、一九九六年、三三四頁。

＊29　「un- は抑圧の刻印」であるとは、フロイト自身の指摘である（Ebd., a.a.O., S.259. 邦訳三五〇頁）。

＊30　Franz Kafka: *Heimkehr*. In: Beschreibung eines Kampfes. Hrsg. Von Max Brod. New York (Schocken Books) 1946, S.140.

＊31　Detlef Kremer: *Die Erotik des Schreibens*. Frankfurt a.M. 1989, S.8f.「フェリース・バウアーとの膨大な文通に結末をつける」べく、「フェリースへの最後の、徹底的に混乱した手紙のちょうど一週間後に書かれた『セイレーンの沈黙』は、フェリースへの終結の暗号の手紙としてまともに評価されることを要求する。この物語のエロティックな色合い、誘惑とすりぬけのバリエーションは、挫折した、はじめから挫折の宣告を受けていた恋愛関係

の総体であり、その作品化である」。なお、次の文献はジェンダー論的に、セイレーンモティーフが古代ギリシャ以来堕落させる女性的なものを意味することを指摘する。Bettine Menke: *Das Schweigen der Sirenen. Die Rethorik und das Schweigen*. In: Franz Kafka. Neue Wege der Forschung. Hrsg. von Claudia Liebrand. Darmstadt 2010.

＊32　「喀血」を告げるこの手紙（一九一七年九月九日）でも、お互いの「沈黙」に言及するように、「沈黙」はこの手紙集に頻出する単語である（BF 753）。

＊33　Sigmund Freud: *Jenseits des Lustprinzips*. In: Gesammelte Werke Bd.13. Frankfurt a.M. (S. Fischer) 1969, S.57-69. 邦訳『快感原則の彼岸』小此木啓吾訳、『フロイト著作集第6巻』所収、人文書院、一九九六年、一八五－一九四頁。

＊34　ジジェクは、「死の欲動」が内在的なものであることに注目して言う、「心的装置の調和的な回路を妨害する異物・闖入者は、心的装置の外にあるのではなく、心的装置に内在して」おり、「心的装置はこの不快感そのものの中に〔……〕倒錯的快感をおぼえる」（スラヴォイ・ジジェク『汝の症候を楽しめ』鈴木晶訳、筑摩書房、二〇〇一年、八四－八五頁）。

　ところでフロイト自身が「反復脅迫」を「快不快原則を超越」した「無気味な」ものと名づけており、したがって、「死の欲動」理論が「無気味なもの」論と興味深く通底する。興味の中心は、繰り返しになるが、二項性の無化である（Freud, *Das Unheimliche*, S.251. 邦訳三四四頁）。

　なお、このテーマをさらに研ぎ澄ますかたちで、柄谷行人は、『快感原則の彼岸』における「死の欲動」をフロイトは「もっぱら超自我の働きの中に見出した」とし、それによって二項性を消していくと論じる。つまりここでは超自我は保守的な「伝統的共同体的規範」を代表するのではなく、むしろ「共同体・国家を超える契機」なのだという(柄谷行人『死とナショナリズム』、『批評空間』Ⅱ-16、一九九八年、太田出版、三五頁)。

＊35 ジェラール・ジュネット『物語のディスクール』花輪光・和泉涼一訳、書肆 風と薔薇、一九八五年、七〇-八四頁。

＊36 Aleksey Komarov: *Antike Mythoologie in der Kurzprosa von Franz Kafka.* Saarbrücken 2009, S.138.

＊37 ジャック・デリダ『時間を―与える』高橋允昭訳、『理想』No.618、一九八四年、一三四頁。

＊38 Richard Bertelsmann: *Das verschleiernde Deuten. Kommunikation in Kafkas Erzählung Das Schweigen der Sirenen.* In: ACTA GERMANICA Bd.15. Frankfurt a.M./Bern/New York 1982, S.73. キットラーも、「オデュッセウスの沈黙の見通し難さは一見コミュニケーションの終わりとも見えるが、それは一面にすぎない」と述べ、この「コミュニケーション」議論に加わる(Kittler, a.a.O., S.140.)。さらにラートも、「セイレーンのパラドクシカルなコミュニケーションの振る舞いに対して、オデュッセウスはパラドックスで応える」と議論を上昇させていく(Rath, a.a.O., S.92.)。

＊39 「ホメロスにおける贈り物は交換と犠牲の中間にあたる」(Horkheimer / Adorno, a.a.O., S.46. 邦訳七三頁)。あるいは、「交換が犠牲の世俗化」(Ebd., S.47. 邦訳七四頁)とある。ただし、贈与交換と商品交換の間には質的な差異があり、前者から後者への移行は直線的ではない(上野千鶴子『贈与交換と文化変容』や山崎カヲル『贈与交換から商品交換へ』、『贈与の社会学』所収、岩波講座、現代社会学第17巻、一九九六年、一五五-一九二頁)。

＊40　河中正彦『カフカとリルケ〈セイレーンの歌を廻って〉Ⅱ』、山口大学『教養部紀要』一九九四年、第28巻二七九頁。なお、同著者の、騒音嫌いのカフカが耳栓の愛用者であったという指摘は興味深い（河中正彦『カフカとリルケ〈セイレーンの歌を廻って〉Ⅰ』、山口大学『文学会志』45号、一九九四年、五〇－五二頁）。
＊41　Horkheimer / Adorno, a.a.O., S.29. 邦訳三七頁。
＊42　Ebd., S.72. 邦訳一一〇頁。
＊43　ジジェク、前掲書、一二七頁。
＊44　Mattenklott, a.a.O., S.964.
＊45　ジジェク、前掲書、一二五頁。
＊46　カフカのオデュッセウス・テクストが書かれてからちょうど一ヶ月後の一九一七年十一月二十三日のノートである。なお次の「天は黙し、黙す者にのみ反響」は同年十二月七日の記述。
＊47　「啓蒙の本質は二者択一であり、択一の不可避性は支配の不可避性である」（Ebd., S.32. 邦訳四一頁）
＊48　「命令を下すだけの自己」としてのオデュッセウスは、「自分に代わって誰かに労働をさせ」、「財産所有者」として「労働」をしない（Ebd., S.35. 邦訳四五頁）。
＊49　Ebd., S.42. 邦訳六八頁。
＊50　Ebd., S.43. 邦訳六八頁。
＊51　Ebd., S.43. 邦訳六九頁。
＊52　Theodor W. Adorno: *Aufzeichnungen zu Kafka*. In: Prismen 1969, S.337-340. 邦訳『カフカ覚

書』、『プリズム』所収、竹内豊治・山村直資・板倉敏之訳、法政大学出版局、一九七〇年、二二三―二二六頁。

＊53　註11参照。

＊54　ジル・ドゥルーズ『差異と反復』財津理訳、河出書房新社、一九九二年、三二頁。ドゥルーズはヘーゲル的な弁証法的思考の運動を「贋の運動」と呼び、非妥協的な肯定の運動を追求してみせる。

＊55　Mattenklott, a.a.O., S.964.

＊56　ホメロスのオデュッセウスは語る、「わたしは順々に、部下たち全員の耳に蠟を貼りつけ〔……〕しかしセイレンたちを行き過ぎ、もはやその声も歌も聞こえぬようになると〔……〕わたしの縄を解いてくれた」（ホメロス『オデュッセイア』上巻、松平千秋訳、岩波文庫、一九九五年、三一九―三二〇頁）。

＊57　カフカ文学に特徴的な「視点の転換」は映画的には「『視点の転換』の転換」という形で相対化されざるを得ない、という分析をすでに行なっている（拙稿『カフカと映画』、『京都産業大学論集』第29巻第25号、一九九八年、二〇―二四頁）。なお、キュビスムの立体的な多視点性も平面の出来事だから刺激的なのである。

＊58　演劇的な身振りをカフカに見たベンヤミンに、アドルノは異説を向けてみる。
ちなみに、演劇的な双方向的な関係性を志向するブレヒト版のオデュッセウス・テクスト（カフカ版のパロディでもある）は、まさに観客罵倒という形をとる。つまりそこに登場する芸人セイレーンは、ひたすら受動的で動くことのできない芸術受容者たるオデュッセウスを罵倒する。そして野村修も、「運動の可能性をじぶんから抛棄してしまっている

人間に対しては、たしかに、歌よりも罵倒のほうがふさわしい」(野村修『補章　セイレーンの歌』、『スヴェンボルの対話』所収、平凡社、一九七八年、二七二－二七三頁)。

＊59　Thodor W. Adorno / Walter Benjamin: *Briefwechsel 1928-1940*, hrsg. von Henri Lonitz. Frankfurt a.M. (Suhrkamp) 1994, S.95. 邦訳『ベンヤミン アドルノ往復書簡』野村修訳、晶文社、一九九六年、七九頁。

＊60　ベンヤミンの先進的メディア論に比してアドルノの保守性(「文化ペシミズム」)が指摘される(Frank Hartmann: *Medienphilosophie*. Wien Wilhelm Fink 2000, S.199.)。

＊61　Adorno / Benjamin, *Briefwechsel*, S.99. 邦訳八二頁。

＊62　トーキー映画の観客はスピーカーから聞こえる音を眼で、スクリーンの映像に音源として貼りつける。あるいは、モンタージュにおける映像の連続性の継ぎ目は、音が加わることによって強力に隠蔽される(映像の操作性・捏造性がより強くなる)。これらは、映像と音との「不自然な関係」のほんの一例にすぎない。

＊63　ブロート版に依拠するしかない時点でマッテンクロットは、この「決意」に正当にも注意を払っているが、ここにオデュッセウスの完全な「無力」を「中和」するものをみている(Mattenklott, a.a.O., S.964.)。

＊64　「この視点の転換によって、遠ざかっていくオデュッセウスが魅了する存在になる。魅了されることの方向が逆になった」(Rath, a.a.O., S.89.)

＊65　Kittler, a.a.O., S.138.

＊66　遅れの技法については、第六章〈換喩的な『田舎医者』の語り〉を参照。

## 第四章　晩年の大転回、『夫婦』の「母」

＊1　Hartmut Binder / Jan Parik: *Kafka. Ein Leben in Prag.* München 1982, S.213. カフカは一九二二年七月一日から年金取得者となった。この年の秋に『夫婦（*Das Ehepaar*）』は書かれた。

＊2　Hartmut Binder: *Franz Kafka. Leben und Persönlichkeit.* Stuttgart 1979, S.474.

＊3　Friedrich Beißner: *Der Erzähler Franz Kafka.* Frankfurt a.M. 1983. のケラーによる序文（S.12.）。

＊4　Werner Kraft: *Franz Kafkas Erzählung »Das Ehepaar«.* In: Die Wandlung 4. 1949. これについては後述する。

＊5　『夫婦』が収録されている批判版（Kritische Ausgabe）の遺稿集は、一九九二年刊行である。

＊6　批判版より前にカフカの元原稿参照の上この改竄にいち早く言及したのはビンダーであるが、改竄の理由などには切り込んでいない（Hartmut Binder: *Kafka Kommentar zu sämtlichen Erzählungen.* München 1977, S.297.）。やがてハイマンはこの改竄を指摘しつつカフカが「自分よりも父に似ている人物」用にKというイニシャルを用いているためと、改竄の理由に一歩踏み込んでいる（Ronald Hayman: *Kafka.* Bern u. München 1983, S.335.）。

＊7　付属資料巻（Apparatband）により改稿が確認できる。Franz Kafka: *Nachgelassene Schriften und Fragmente II.* Apparatband. Hrsg. von Jost Schillemeit. Frankfurt a.M. (S. Fischer) 1992, S.418.

＊8　ブロート版 >Amerika< の後書き。Franz Kafka: *Amerika.* Hrsg. von Max Brod. Taschenbuchausgabe in sieben Bänden. Frankfurt a.M. (Fischer Taschenbuch) 1983, S.261. 「文献学者」バイスナーこそ

がいち早く批判版の必要を説いたのであった。彼はカフカの物語における主人公のイニシャルKの意義を『失踪者』の Karl においても認めている（Beißner, a.a.O., S.38.）。

＊9　Binder: *Franz Kafka*, S.469f. このときプラハで友人クロップシュトックにも会ってアドバイザーたらんとして、成熟した者の役割を演じている。

＊10　Beißner, a.a.O., S.40. ただし「出来事（Geschehen）」が「誤謬を訂正しない」の主語である。ほんらい「観点」が主語であるはずの、面白い文である。

＊11　J・ウンゼルトは『田舎医者』における「私」という語り手が短篇集『観察』以来のものであることに注目する（Joachim Unseld: *Franz Kafka. Ein Schriftstellerleben*. München 1982, S.143.）。そもそもかつて『判決』において「私は」から「彼は」に移行することによってカフカは「文学の豊かさ」を体験したといわれる（M・ブランショ『カフカ』粟津則雄訳、筑摩書房、一九六八年、四〇－四一頁）。再登場するのはそうとう「豊かな」語り手「私」なのである。

＊12　ジェラール・ジュネット『物語のディスクール』花輪光・和泉涼一訳、書肆 風の薔薇、一九八五年、七〇頁。

＊13　Beißner, a.a.O., S.37. なお、バイスナー理論への批判は「はじめに」の註19参照。

＊14　Ebd., a.a.O., S.25.

＊15　明星聖子『新しいカフカ』慶應義塾大学出版会、二〇〇二年、特に七五－七九頁。

＊16　Franz Kafka: *Das Ehepaar und andere Schriften aus dem Nachlaß*. Frankfurt a.M. (Fischer Taschenbuch) 1994, S.248.

＊17　グレゴリー・ベイトソン『精神の生態学』佐藤良明訳、新思索社、二〇〇〇年、三

〇一－三一九頁。

＊18　Binder, *Franz Kafka*, S.473.

＊19　「たしかに僕がいつも記憶しておかなくてはならないのは、家庭におけるお母さんの立場がどんなに苦しく徹底的に疲れるものであったかです。お母さんは店でも家政でも傑出していました。家族の病気を二倍苦しみました。しかしすべてのことのうちの一番は、僕たちとあなたの間の立場で苦しんだことでした。あなたはいつも情愛と気配りで彼女に接していました。でもこの点でも、あなたは、僕たちがそうであったように彼女を大切にはしませんでした。僕たちはお母さんをおかまいなしにハンマーで打ちました。あなたはあなたの側から、僕たちは僕たちの側から」（N 176）

＊20　両親へのこれらの手紙は、「ほんらい母にのみ向けられている」と、チェルマークの序文は告げる。Franz Kafka: *Briefe an die Eltern aus den Jahren 1922-1924*. Hrsg. von Josef Čermák und Martin Svatos. Frankfurt a.M. (Fischer Taschenbuch) 1993, S.22.

＊21　『田舎医者』の異常事に「笑う」対処の仕方などは代表例である。第六章〈換喩的な『田舎医者』の語り〉参照。

＊22　Wolfgang Kayser: *Das Groteske in Malerei und Dichtung*. München 1960, S.107. 邦訳『グロテスクなもの』竹内豊治訳、法政大学出版局、一九六九年、二〇二頁。ただしこの訳文に依っていない。

＊23　Beißner, a.a.O., S.39f.

＊24　Werner Kraft: *Franz Kafkas Erzählung »Das Ehepaar«*. In: Die Wandlung 4. 1949, S.157f.

＊25　Ebd., S.157.

＊26　Ebd., S.157.

＊27　Ebd., S.157.

＊28　Werner Kraft: *Franz Kafka. Durchdringung und Geheimnis.* Frankfurt a.M. 1968, S.136.

＊29　Kraft, *Franz Kafkas Erzählung »Das Ehepaar«.*, S.158.

＊30　Immanuel Kant: *Beobachtungen über das Gefühl des Schönen und Erhabenen.* In: Immanuel Kants Werke. Hrsg. von E. Cassirer. Bd.II .Berlin 1922, S.269-285. カントの論文『美と崇高の感情に関する観察』のなかの「両性の相互関係における崇高と美の差異について」、『カント全集2』所収、宮武他訳、岩波書店、二〇〇〇年、三四九－三六七頁。

＊31　Ebd., S.281. 邦訳三六三頁。

＊32　カントと崇高の文脈でアドルノは自然美についてこう述べる、「自然美の開始は、或る傷口に触れて、かならずその傷口が、芸術作品という純粋な人工物が自然に加えた暴力を想起させずにはおかない」(Theodor W. Adorno: *Ästhetische Theorie.* Frankfurt a.M. Suhrkamp Taschenbuch. 1992, S.98.)。少々大げさな言い方であるが、カフカの最晩年における母なるものを、この場合の「自然美」に置き換えてみよう。そのような何らかの肯定的なものを母において見出すことは、翻って、芸術美という同一化する「暴力」に起因する「傷口」を想起することである。母なるものはそのような「傷口」であり、彼の芸術営為が母を隠してきたのは一つの「暴力」ということになる。

＊33　Hayman, a.a.O., S.334.

＊34　Immanuel Kant: *Kritik der Urteilkraft.* In: Immanuel Kants Werke. Hrsg. von E. Cassirer. Bd.V. Berlin. 1922, S.333. 邦訳『カント全集8』牧野英二訳、岩波書店、一九九九年、一三六頁。

## 第五章 『流刑地にて』は笑えるのか

＊1 Gisbert Kranz: *Kafkas Lachen.* Köln Wien (Böhlau) 1991, S.1.「カフカの遺された写真はつねに真面目だし〔……〕陰鬱」

＊2 Hans-Georg Wendland: *Komik und Groteske bei Franz Kafka am Beispiel "Der Proceß".* Norderstedt 2011, S.3.

なお、目立った邦文献を挙げておこう。三原弟平『カフカの「笑い」をめぐって』(『カフカ・エッセイ』所収、平凡社、一九九〇年)は、この領域についての日本における最初のまとまったものである。菅野瑞治也『カフカの〈笑い〉に関する一考察』(『研究論叢』40号、京都外国語大学、一九九三年)は、カフカの笑いの多様性を整理する試みである。池内紀・三浦雅士『明るいカフカ』(『大航海』No.50所収、二〇〇四年)には、標題に見られるような視点からの掘り起こしがある。カフカが「文学なんかちっともわからない恋人に大切なことをちゃんと伝え」(六三頁)ているのは、まさに例えば笑いのことについてであった。

＊3 Max Brod: *Streitbares Leben.* Frankfurt a.M. 1979, S.186.

＊4 例えば、一九一三年にウィーンで開催された会議でカフカの上役(Eugen Pfohl)が発表した文章はカフカによって書かれたものである。旧版 Franz Kafka: *Amtliche Schriften. Mit einem Essay von Klaus Hermsdorf.* Berlin Akademie-Verlag 1984, S.20.

＊5　ヴァーゲンバッハも明言している。「労働者の災害保険局は、『社会民主主義の反公共的活動』に対抗するヴィルヘルム帝国の道具であった」（Klaus Wagenbach: *Franz Kafka, In der StrafkolonieEine Geschichte aus dem Jahre 1914*. Berlin 2010, S.83.）

＊6　「総裁」へのコネについては、その息子がカフカのギムナジウム以来の友人であること（BF 237）、そして皇帝似であることについては旧版 Franz Kafka: *Amtliche Schriften*. S.20.

＊7　Ritchie Robertson: *Kafka und Don Quixote*. In: Neophilologus, 1985, S.19.

＊8　第三章〈カフカのオデュッセウスの塞がれた耳〉参照。

＊9　Gert Mattenklott: *Gewinnen, nicht siegen*. In: Merkur 39. 1985, S.962.

＊10　Karl Heinz Fingerhut: *Kafka für die Schule*. Berlin 1995, S.93. ならびに DL 273 も参照。

＊11　「コミカルなものと悪夢的なものは一見矛盾するが、お互いを排除し合わない」(Wendland, a.a.0., S.4.)

＊12　『判決』の息子ゲオルクは深刻な成り行きを阻むべく、「喜劇芸人！」と半畳を入れてみせるが、うまくいかない（D 58）。『審判』のヨーゼフ・Kは、逮捕された朝すべては「冗談（Spaß）」のレヴェルに解消できないか考える（P 21）。あるいはまた、例えば『変身』等における空想上の話のこまごまとした展開には、必然的にいちいち可笑しさも随伴する。

＊13　Peter Rehberg: *Lachen Lesen. Zur Komik der Moderne bei Kafka*. Bielefeld 2007, S.17.

＊14　Ebd., S.135.

＊15　J・L・オースティン『言語と行為』坂本百大訳、大修館書店、一九七八年、一二頁。なお次の文献は、オースティンとデリダの絡みで『流刑地にて』を論じている。菅野

遼『フランツ・カフカの『流刑地にて』に現れる〈法〉の概念――「旅行家」的レトリシャンとして』、『Human Communication Studies』Vol.34、二〇〇六年。「言葉によって対象が生み出され、その存在が不在である事を隠蔽しながら前提として自明化することで力を生み出すという言語行為論のパフォーマティヴ概念はこの『流刑地にて』のいたる場面で見て取れ」(一五五頁)るという。

＊16　Horst Turk: > *betrügen ohne Betrug* <.*Das Problem der literarishen Legitimation am beispiel Kafkas.* In: Urszenen. Literaturwissenschaft als Diskursanalyse und Diskurskritik. Frankfurt a.M. 1977, S.403.

＊17　Reiner Stach: *Kafka. Die Jahre der Erkenntnis.* Frankfurt a.M. (Fischer) 2008, S.147.

＊18　Turk, a.a.O., S.382f.「カフカは読者の期待と戯れる。彼は、期待の地平の突破に向かう期待に応える。崇高なやり方で、期待に応えないことによって」。トゥルクのじつにこの上ない持って回り方であるが、カフカの「戯れ」の緊張感溢れる様を確認するには適している。

＊19　西嶋義憲『カフカのテクスト『流刑地にて』における『お見通し』発言:『判決』との構造的類似性の分析』金沢大学学術情報リポジトリ所収、二〇〇八年、特に八八－九〇頁。

＊20　Rehberg, a.a.O.,S.17.

＊21　第六章〈換喩的な『田舎医者』の語り〉の「使っていない豚小屋」から見知らぬ男が出て来たときの、背水の陣の「笑い」。

＊22　第三章〈カフカのオデュッセウスの塞がれた耳〉の、カフカのオデュッセウスはセイレーンの沈黙を聞かない、という絶妙の笑い。なお、オデュッセウス一人が例外的に救

かった話の単独性も大切。

＊23　第四章〈晩年の大転回、『夫婦』の「母」〉の、老人は「奇妙にも、退屈だったので」死んだふりをしたのかどうかについてのほんらい必要な真相説明を「奇妙にも」という語り手の断り書きで済ましてしまう。この奇妙な笑い。

＊24　Reiner Stach: *Kafka. Die Jahre der Erkenntnis.* Frankfurt a.M. 2008, S.148-156. この文献は、カフカの朗読について掘り下げている。

＊25　Mellanie Ellrot: *Über "In der Strafkolonie" von Franz Kafka: Eine kritisch-rezeptionsästhetische Analyse.* Norderstedt (Grin) 2004, S.11.

＊26　かつてパリコミューンの活動家は流刑地送りになったのだが、その四十年記念の催し（一九一一年）にカフカも参加したこと、あるいはまた、流刑判決を受けたドレフュスへのカフカの肩入れなど、「流刑地」がリアルな話題たり得た時代環境を掘り起こすW・ミュラー＝ザイデルの研究の世評は高い（Walter Müller-Seidel: *Deportation des Menschen. Kafkas Erzählung "In der Strafkolonie" im europäischen Kontext.* Frankfurt a.M. 1989, S.28f.）。なお、次の邦文献は、W・ミュラー＝ザイデルの研究が『流刑地にて』研究史に占めた革新的な役割の指摘等を含めて、精緻な『流刑地にて』研究文献ともなっている。川島隆『カフカの〈中国〉と同時代言説』彩流社、二〇一〇年、七九頁。

＊27　オクターヴ・ミルボー『責苦の庭』篠田知和基訳、国書刊行会、一九八四年、二〇九－二一〇頁。

＊28　「カフカはミルボーという作家と多くの思想的前提を共有していた」（川島隆、前掲書、九〇頁）といわれるが、テクスト自体がその「思想的前提」を幾分横に押し遣る。

＊29　Ingeborg Henel: *Kafkas "In der Strafkolonie".* In: Untersuchungen zur Literatur als Geschichte. Berlin 1973, S.480.

＊30　Hans Helmut Hiebel: *Die Zeichen des Gesetzes.* München 1983, S.131.

＊31　Jacques Lacan: *Die Bildungen des Unbewussten.* Wien 2006, S.81. 邦訳ラカン『無意識の形成物【上】』佐々木孝次・原和之・川崎惣一訳、岩波書店、二〇〇五年、九九頁。

＊32　Peter U. Beicken: *Franz Kafka. Eine kritische Einführung in die Forschung.* Frankfurt a.M. 1974, S.287f. このすでに古いカフカ研究史の書がアレゴリーや隠喩の無効性を明言している。さらに、Susanne Kessler: *Kafka – Poetik der sinnlichen Welt.* Stuttgart 1983, S.10-17.

＊33　Sigmund Freud: *Der Witz.* In: Gesammelte Werke. Bd.6. 1940, S.48f. 邦訳『機知』、『フロイト著作集４』所収、懸田克躬他訳、人文書院、一九九六年、二六九－二七〇頁。

＊34　註31の再度の引用。Lacan, a.a.O., S.81. 邦訳九九頁。

＊35　Ebd., S.92. 邦訳一一三頁。

＊36　Ebd., S.94. 邦訳一一五頁。

＊37　「流刑地」が法体制的にリアルな話題たり得た時代環境を掘り起こすW・ミュラー＝ザイデルの研究は一般に高く評価されている（註26参照）が、W・キットラーはあえて別のリアルな視点を強調する。この視点もまた捨て難い。Wolf Kittler: *Schreibmaschinen, Sprechmaschinen. Effekte technischer Medien im Werk Franz Kafkas.* In: Franz Kafka: Schriftverkehr. Freiburg 1990, S.75-163.

＊38　Friedrich Kittler: *Grammophon Film Typewriter.* Berlin 1986, S.322-330. 邦訳『グラモフォン・フィルム・タイプライター（下）』石光泰夫・石光輝子訳、ちくま学芸文庫、二〇〇

六年、二〇二－二二五頁。

＊39　Wolf Kittler, a.a.O., S.139-141.

＊40　シレマイトは、カフカの原稿修正のあり方に、「グラフィックでヴィジュアルな」配慮をみてとる（Jost Schillemeit: *Kafka Studien.* Göttingen 2004, S.257f.）。なおこのヴィジュアルな配慮は、他方カフカが手書き原稿においてユーゲント様式ふうの装飾性を脱してゆくこととも関係があるのだが、脱装飾に関してはさらにアドルフ・ロースの建築思想もここに加わる（Mark M. Anderson: *Kafka's clothes. Ornament and Aestheticism in the Habsburg Fin de Siècle.* New York 1992, S.180f. 邦訳『カフカの衣装』三谷研爾・武林多寿子訳、高科書店、一九九七年、二九〇－二九二頁）。

＊41　川島隆、前掲書、八九－九一頁。

＊42　ベルクソン『笑い』林達夫訳、岩波文庫、二〇〇九年、一三五頁。「本質的におかしなものは自動的になされた事柄だけだ」

＊43　Gerhard Neumann: *Der Verschleppte Prozess.* In: Poetica. Bd.14. Jg. 1982, S.93f.『流刑地にて』では身体の「固有性」という問題性も格別の重さで露出しているのは言うまでもない。ただ、慧眼なG・ノイマンでありながら、この時期の彼のカフカ研究にはタイプライターについての思考がなぜかほぼ欠如していることこそ興味深いといわねばならない。まさに関連テーマを扱う次の書でも同様に、身体の「固有性」に言及しながら特にタイプライターを問題視するというのではない。Gerhard Neumann: *Schrift und Druck.* In: Zeitschrift für deutsche Philologie. Bd.101. 1982, S.118.

＊44　ジャック・デリダ『限定経済学から一般経済学へ』三好郁郎訳、『エクリチュール

嵌まる。

と差異（下）』所収、法政大学出版局、一九八三年、一六六頁。ヘーゲルの体系をその体系自体の内から笑いで自壊させるデリダの狙いは、『流刑地にて』のこの文脈にぴったり嵌まる。

＊45　Sigmund Freud: *Der Humor.* In: Gesammelte Werke. Bd.14. 1948, S.384. 邦訳『ユーモア』、『フロイト著作集3』所収、高橋義孝他訳、人文書院、一九九六年、四〇七頁。

＊46　Ebd., S.384. 邦訳四〇七頁。

＊47　Ebd., S.383. 邦訳四〇六頁。

＊48　Ebd., S.386. 邦訳四〇八頁。

＊49　Ebd., S.388. 邦訳四一〇頁。

＊50　Ebd., S.388. 邦訳四一〇頁。

＊51　Ebd., S.385. 邦訳四〇八頁。

＊52　Sigmund Freud: *Das Ich und das Es.* In: Gesammelte Werke. Bd.13. 1940, S.264. 邦訳『自我とエス』、『フロイト著作集6』所収、井村恒郎・小此木啓吾訳、人文書院、一九九六年、二八二頁。「超自我は内的世界、つまりエスの代理人」

＊53　排撃の身振りは一見威勢は良いのだが、それでは問題はなにも解決しないからである。そもそも「超自我」を廃棄するとそれと連携する「自我」（＝自己防衛を担う現実原則）をも廃棄することにもなりかねず、新たな隷属を生んでしまう。このことに関する深い思考を、次の文献にみることができる。スラヴォイ・ジジェク『主体に原因はあるのか』梶理和子訳、『現代思想』一九九八年十月号、一四六頁。さらに、柄谷行人『死とナショナリズム』、『定本柄谷行人集4』所収、岩波書店、二〇〇四年、七一－九六頁。

＊54　次の文献は『審判』との関連を示唆する。Bernd Neumann: *Franz Kafka. Gesellschaftskrieger.* Eine Biographie. München 2008, S.257.

＊55　Otto Gross: *Zur Überwindung der kulturellen Krise.* In: Expressionismus. Manifeste und Dokumente zur deutschen Literatur 1910-1920, hrsg. von Tomas Anz und Michael Stark. Stuttgart. 1982, S.149f.

＊56　一九一七年七月にカフカはブロートのところでオットー・グロースと知り合いになる（Isolde Grabenmeier: *Schreiben als Beruf. Zur Poetik Franz Kafkas auf dem Hintergrund der Herrschaftstheorie und Methodenreflexion Max Webers.* Freiburg/Berlin/Wien 2008, S.271.）。オットー・グロースへの好意については、一九一七年十一月中旬のブロートへの手紙（B III 364）参照。

＊57　Freud, *Das Ich und das Es,* S.262.『自我とエス』二八一頁。

＊58　それぞれ第六章〈換喩的な『田舎医者』の語り〉と第四章〈晩年の大転回、『夫婦』の「母」〉参照。

## 第六章　換喩的な『田舎医者』の語り

＊1　Peter U. Beicken: *Franz Kafka. Eine kritische Einführung in die Forschung.* Frankfurt a.M. 1974, S.296.

＊2　カフカの『田舎医者』はツルゲーネフ版の「翻案作品」であって、このカフカ版のロシアは「女人禁制のトポス」となっているという〈川島隆『カフカの『田舎医者』とロ

シアー――ツルゲーネフ、東方ユダヤ人、性愛をめぐって』、『オーストリア文学』(21)、二〇〇五年、一頁と四頁)。

＊3　Beicken, a.a.O., S.296.

＊4　Wolf Kittler: *Integration*. In: Kafka-Handbuch in zwei Bänden. Hrsg. von Hartmut Binder Bd.2. Stuttgart 1979, S.212.

＊5　Ebd., S.219.

＊6　カフカは、ミュンヘンの公開朗読会(一九一六年十一月十日)における挫折を機に小さな仕事空間(錬金術師小路 Alchimistengäßchen の小部屋)にとじこもり、小品に集中する。これをG・ノイマンは、「大規模な叙事的試みの失敗」に対する「小さな、まとまったテクスト形式」の対置、と呼ぶ(Gerhard Neumann: *Die Arbeit im Alchimistengäßchen 1916-1917*. In: Kafka-Handbuch in zwei Bänden. Bd.2. S.314.)。

＊7　J・ウンゼルトは「私」という語り手が短篇集『観察』以来のものであることに注目する(Joachim Unseld: *Franz Kafka. Ein Schriftstellerleben*. München 1982, S.143.)。第四章〈晩年の大転回、『夫婦』の「母」〉の註11参照。

＊8　ジェラール・ジュネット『物語のディスクール』花輪光・和泉涼一訳、書肆風の薔薇、一九八五年、二七頁。

＊9　木村敏『自己・あいだ・時間』弘文堂、一九八七年、一六四―一六五頁。

＊10　Robert Petsch: *Zeit in der Erzählung*. In: Zeitgestaltung in der Erzählkunst. Hrsg. von Alexander Ritter. Darmstadt 1978, S.32.

＊11　ジェラール・ジュネット、前掲書、七〇頁。

＊12　これを文字通りの無力として受け取ってしまっているのがGert Kleinschmidt: *Ein Landarzt.* In: Interpretationen zu Franz Kafka. Müchen 1975, S.115.

＊13　Wolfgang Kayser: *Das Groteske in Malerei und Dichtung.* München, S.170. 邦訳『グロテスクなもの』竹内豊治訳、法政大学出版局、一九六九年、二〇二頁。

＊14　豚小屋からの男の登場に際して「誰もことさらに驚かない」ことに驚くのはG・クラインシュミットだけではない（Kleinschmidt, a.a.0., S.108.）。

＊15　ジェラール・ジュネット、前掲書、一三三頁。

＊16　同書、一三六頁。

＊17　無意識、といっても作者の無意識ではなく、あくまでテクスト自身の無意識である。「精神分析的読解装置からその最終的審級としての作者を追放すること、すなわち、作品を作者の無意識的欲望の表現とみなすのをやめること」（山田広昭『精神分析批評のための覚え書き』、『近代』第67号、一九八九年、七二頁）。〈作者〉によって創造された〈作品〉という考え方を避ける意味でも、〈テクスト〉という用語を本書では用いている。

＊18　Kittler, a.a.0., S.219.

＊19　Evelyn W. Asher: *Urteil ohne Richter.* New York 1984, S.83f.

＊20　市川浩『精神としての身体』勁草書房、一九八三年、一〇〇頁。

＊21　クラインシュミットによれば、「私」ははじめから「出来事の客体であって、自分から行動する主体ではない」（Kleinschmidt, a.a.0., S.115.）。さらに、「無力のパントマイム」（a.a.0., S.116.）とまで。

＊22　市川浩、前掲書、一〇四頁。

*23　ツルゲーネフ『田舎医者』、『ツルゲーネフ全集7』所収、米川正夫訳、日本図書センター、一九九六年、七八頁。

*24　ロマーン・ヤーコブソン『言語の二つの面と失語症の二つのタイプ』、『一般言語学』所収、川本茂雄他訳、一九八七年、二一－四四頁。そしてA・ルメール『ジャック・ラカン入門』長岡興樹訳、誠信書房、一九八九年、四四－五一頁。ちなみに、換喩は、事物を直接名指すことを避けて、結果を原因で（「筆一本で生きる」）、内容を容器で（「杯を交わす」）、心を表情で（「口が悪い」）、全体を部分で（「赤ずきんちゃん」）というふうに、同一地平で連続（つまり隣接）する他の物に置き換えて表現する（以上、主にレヴィ＝ストロース『野生の思考』〔一九八四年〕の訳者大橋保夫による註〔三五五頁〕）。従って、隠喩とは逆に、意味されるものとの関係が言表に出る、つまり意味が可視的連続性から離れない。

*25　「使っていない豚小屋」（無意識）から出てくるこの馬が、「男性の性衝動エネルギーの明白な象徴」（Asher, a.a.0., S.66.）と断定されるのもあながち理由のないことではない。『新弁護士』の馬の名前がブツェファルス（Bucephalus）でこれがファルス（Phallus）を想わせるという指摘もある（Gerhard Kurz: *Der neue Advokat.* In: Was bleibt von Franz Kafka? Wien 1985, S.122.）。

*26　ロマーン・ヤーコブソン『詩人パステルナークの散文についての覚書』磯谷孝訳、『集英社世界の文学38』所収、一九七九年、二六九頁。

*27　同書、二七二頁。

*28　別に「姉」であっても構わないはずだが、『田舎医者』は『変身』の家族構成を再

現しているようにも見える。なお、「グレーゴルとグレーテ（Gregor und Grete）」はアンティ・メルヘンとして「ヘンゼルとグレーテル（Hänsel und Gretel）」の連結をもじっていると言われる（Rudolf Kreis: *Die doppelte Rede des Franz Kafka.* Paderborn 1976, S.101.）

＊29　ヤーコブソン『一般言語学』三七頁。

＊30　同書、三〇頁。

＊31　ツルゲーネフ『田舎医者』前掲書、七六頁。「ジャマイカ産のラムもすぐ傍に添えてある」

＊32　立川健二・山田広昭『現代言語論』新曜社、一九九〇年、一一九頁。

＊33　ジェラール・ジュネット、前掲書、四七頁。

＊34　バルザック『田舎医者』、『バルザック全集4』所収、新庄嘉章・平岡篤頼訳、東京創元社、一九七三年。「天にまします我らの父よ〔……〕どうして我らの母よっていわないの」（一七四頁）。「わたしは、懐胎した母性の凄絶な歓喜を知り、それに全身を打ちこんで、この地方全体の慈善修道女として、たえず貧者の傷を介抱してやることにより、ふつうの母親よりはもっとひろい領域でこの母性としての感情を満足させようと決心しました」（一九五頁）

＊35　Beicken, a.a.0., S.296.

＊36　〈作品〉を〈作者〉の無意識的欲望の表現とみなすのをやめること（これについては註17参照）だけでは十分ではない。語り手がテクストの不動の主体・不動の中心ではない以上、物語られたものをことごとく「私」に帰属させるようなことはできない。

＊37　そのような解釈の仕方は、それぞれ多少のニュアンスの差はあるにしても、枚挙に

いとまがない。ゾーケルにとっては、患者は「私」の「純粋自我」である（Walter H. Sokel: *Franz Kafka. Tragik und Ironie.* Frankfurt a.M. 1976, S.300.)。「医者の願望を知っている従僕はいわば医者の内面から飛び出したに違いない。彼は医者の鏡像なのである。同じことは患者についてもいえる」と、ヒーベルは断言する（Hans H. Hiebel: *Die Zeichen des Gesetzes. Recht und Macht bei Franz Kafka.* München 1983, S.155.)。乱暴な解釈の極致というかたちで、医者（超自我）、患者（自我）、馬丁＋馬（エス）という図式もある（Asher, a.a.0., S.87.)。

＊38　Asher, a.a.0., S.74. は、馬丁の暴行を「賦活するエネルギー」と名付けてしまう。

＊39　現在（進行）形の語りがまさに映画を想わせる（Anne Brandt: *Franz Kafka und der Stummfilm.* München 2009, S.36f.)。ちなみに、説話は過去の事象を回想して語るのであり、悠々と遅れるものである。そもそも書き言葉のかたちに定着させるためにも遅れて当然であった。だがスマホで刻々現在進行形で語るような説話は、事象の進行へ「遅れ」の自覚が、遅れで焦るかのように見せる語りを生む。『田舎医者』はいわばスマホ語りだ。

＊40　Hiebel, a.a.0., S.158. 傷の形象が性的に「抑圧されたシニフィエ」を指示しているとするヒーベルは、「腰の辺」に性的なものへの隣接を見ている。

＊41　エムリヒは、「ヤコブが神との戦いにおいて受けた傷」とする（Emrich, a.a.0., S.131.)。ゾーケルは、「キリストの傷」であると言う（Sokel, a.a.0., S.313.)。ヒーベルが「去勢の傷」である（Hiebel, a.a.0., S.155.）と言ったりするのに対し、キットラーは、女性器であるとしながら、去勢の傷は否定する（Kittler, a.a.0., S.219.)。

＊42　ジェラール・ジュネット『プルーストにおける換喩あるいは物語の誕生』武藤剛史・松崎芳隆訳、『ユリイカ』一九七六年七月号、一一二頁。

＊43　ヒーベルはこの作品の「水平的な、垂直的ではない」統辞的な語りの原理に言及するが、ベッドの機能に敢えて触れようとはしない（Hans H. Hiebel: *Der reversible Text und zirkläre Differance in Ein >Landarzt<*. In: Franz Kafka. Hrsg. von Claudia Liebbrand. Darmstadt 2006, S.62.）。

＊44　第一章〈『判決』の眼差しゲーム〉参照。

＊45　〈はじめに〉の註15参照。

＊46　Wurm（虫）はファロスを象徴するとされる（A・ルメール、前掲書、二八四頁）。

＊47　Sokel, a.a.0., S.301.

＊48　ヤーコブソン、『詩人パステルナークの散文についての覚書』前掲書、二七八頁。

## おわりに

＊1　吉田眸『ドアの映画史』春風社、二〇一一年、一九四－二一一頁。

＊2　Walter Benjamin: *Das Kunstwerkim Zeitalter seiner technischen Reproduzierbarkeit*. Gesammelte Schriften. Bd.I.2. Frankfurt a.M. (Suhrkamp Taschenbuch) 1991, S.451. 邦訳『複製技術の時代における芸術作品』高木久雄・高原宏平訳、〈ヴァルター・ベンヤミン著作集2〉、一九八八年、二九頁。ただし引用文の訳文は改変している。

＊3　柄谷行人『鏡と写真装置』、『隠喩としての建築』所収、講談社、一九八五年、一三一－一三二頁。ところで写真や映画の器械知覚が他方において、遠近法の「イデオロギー」からは自由ではないということ〈ジャン＝ルイ・コモリ『技術とイデオロギー』鈴木

圭介訳、『「新」映画理論集成２』所収、フィルムアート社、一九九九年、三三一－五三頁）は、ことわっておかなければならない。

＊4　Walter Benjamin: *Benjamin über Kafka.* Frankfurt a.M. (Suhrkamp Taschenbuch) 1981, S.40.

＊5　Ebd., S.16.

＊6　Ebd., S.143.

# あとがき

すべては『判決』のあの「不在の扉」が始まりだった。見えないもの、あるいはべつに見る必要のないものを、殊更に見てしまったのである。この構想を「〈読〉まずに〈見〉る」の標題で郁文堂の情報誌《Brunnen》に載せたのが一九八五年なので、もはや大昔のことだ。それで、カフカ文学の「ヴィジュアルな」語りの表層に惹き付けられることとなった。一見なにげないが、ありきたりではない興味深い現れと向き合い共振するという試みは、成功しているだろうか。「ことごとくテクストに露出していながら知られざるカフカ文学」というものに光を当てることができたであろうか。何がしかの面白みを見出して頂ければ幸甚である。

このような肩の凝らない書でも多くの人々との交流の賜物なのであって、なかでも旧知の畏友水田恭平さんと若い友人山下大輔さんに感謝したい。そしてなんといっても、編集を担当してくださった風濤社の鈴木冬根氏には深くお世話になった。お礼を申し上げたい。
なお本書は京都産業大学出版助成金を受けている。

二〇一八年二月

吉田　眸

年
ジェラール・ジュネット『物語のディスクール』花輪光・和泉涼一訳、書肆 風と薔薇、1985 年
オクターヴ・ミルボー『責苦の庭』篠田知和基訳、国書刊行会、1984 年
ロマーン・ヤーコブソン『言語の二つの面と失語症の二つのタイプ』、『一般言語学』所収、川本茂雄他訳、みすず書房、1987 年
―――『詩人パステルナークの散文についての覚書』磯谷孝訳、〈集英社世界の文学 38〉所収、1979 年
池内紀『カフカの生涯』白水社、2010 年
小野紀明『美と政治』岩波書店、1999 年
柄谷行人『定本　柄谷行人集』1 ～ 5 巻、岩波書店、2004 年
川島隆『カフカの〈中国〉と同時代言説』彩流社、2010 年
―――『カフカの『田舎医者』とロシア――ツルゲーネフ、東方ユダヤ人、性愛をめぐって』、『オーストリア文学』(21)、2005 年
河中正彦『カフカとリルケ〈セイレーンの歌を廻って〉II』、山口大学『教養部紀要』第 28 巻、1994 年
木村敏『自己・あいだ・時間』弘文堂、1987 年
多木浩二『眼の隠喩』青土社、1983 年
―――『「もの」の詩学』岩波現代選書、1984 年
平野嘉彦『プラハの世紀末』岩波書店、1993 年
―――『カフカ』講談社、1996 年
―――『ボヘミアの〈儀式殺人〉』平凡社、2012 年
船木亨『〈見ること〉の哲学』世界思想社、2001 年
松本卓也『人はみな妄想する――ジャック・ラカンと鑑別診断の思想』青土社、2015 年
水田恭平『美的思考の系譜』御茶の水書房、2011 年
三谷研爾『世紀転換期のプラハ』三元社、2010 年
―――『境界としてのテクスト』鳥影社、2014 年
三原弟平『カフカ・エッセイ』平凡社、1990 年
明星聖子『新しいカフカ』慶應義塾大学出版会、2002 年
山田広昭『精神分析批評のための覚え書き』、『近代』第 67 号、1989 年

Petsch, Robert: *Zeit in der Erzählung*. In: Zeitgestaltung in der Erzählkunst. Hrsg. von Alexander Ritter. Darmstadt 1978.
Pfeiffer, Joachim: *Kafka lacht*. In: Der Deutsch Unterricht. H.6. 2009.
Pollak, Oskar: *Vom alten und neuen schönen Prag*. In: Deutsche Arbeit. Jg.6. H.12. 1907.
Rath, Norbert: *Mythos-Auflösung. Kafkas Das Schweigen der Shirenen*. In: Zerstörung, Rettung des Mythos durch Licht. Hrsg. von Christa Bürger. Frankfurt a.M. 1986.
Rehberg, Peter: *Lachen Lesen. Zur Komik der Moderne bei Kafka*. Bielefeld 2007.
Reich-Ranicki, Marcel: *Sieben Wegbereiter*. Stuttgart/München 2002.
Robertson, Ritchie: *Kafka und Don Quixote*. In: Neophilologus, 1985.
Schillemeit, Jost: *Kafka Studien*. Göttingen 2004.
Sell, Robert: *Bewegung und Beugung. Zur Poetologie des mennschlichen Körpers in den Romanen Franz Kafkas*. Stuttgart 2002.
Stach, Reiner: *Kafka. Die Jahre der Erkenntnis*. Frankfurt a.M. 2008.
Sokel, Walter H.: *Franz Kafka. Tragik und Ironie*. Frankfurt a.M. 1976.
Turk, Horst: *» betrügen ohne Betrug «. Das Problem der literarishen Legitimation am beispiel Kafkas*. In: Urszenen. Literaturwissenschaft als Diskursanalyse und Diskurskritik. Frankfurt a.M. 1977.
Unseld, Joachim: *Franz Kafka. Ein Schriftstellerleben*. München 1982.
Vogl, Joseph: *Ort der Gewalt. Kafkas literarische Ethik*. München 1990.
Wagenbach, Klaus: *Franz Kafka. Bilder aus seinem Leben*. Berlin 1983.
———: *Kafkas Prag*. Berlin 1993.
———: *Franz Kafka, In der Strafkolonie Eine Geschichte aus dem Jahre 1914*. Berlin 2010.
Walter-Schneider, Margret: *Denken als Verdacht.Untersuchungen zum Problem der Wahrnehmung im Werk Franz Kafkas*. Zürich u. München 1980.
Wendland, Hans-Georg: *Komik und Groteske bei Franz Kafka am Beispiel "Der Proceß"*. Norderstedt 2011.
Zimmer, Christina: *Leerkörper. Untersuchung zu Franz Kafkas Entwurf einer medialen Lebensform*. Würzburg 2006.
Zischler, Hanns: *Kafka geht ins Kino*. Reinbeck bei Hamburg. 1996.

ヴォルフガング・イーザー『行為としての読書』轡田収訳、岩波書店、1982 年
スラヴォイ・ジジェク『汝の症候を楽しめ』鈴木晶訳、筑摩書房、2001

Komarov, Aleksey: *Antike Mythoologie in der Kurzprosa von Franz Kafka*. Saarbrücken 2009.

Kraft, Werner: *Franz Kafkas Erzählung »Das Ehepaar«*. In: Die Wandlung 4. 1949.

———: *Franz Kafka. Durchdringung und Geheimnis*. Frankfurt a.M. 1968.

Kranz, Gisbert: *Kafkas Lachen*. Köln/Wien 1991.

Kreis, Rudolf: *Die doppelte Rede des Franz Kafka*. Paderborn 1976.

Kremer, Detlef: *Die Erotik des Schreibens*. Frankfrut a.M. 1989.

Kübler-Jung, Tilly: *Einblicke in Franz Kafkas"Betrachtung"*. Marburg 2005.

Kudszus, Winfried: *Erzählhaltung und Zeitverschiebung in Kafkas >Prozeß< und >Schloß<*. In: Wege der Forschung–Franz Kafka. Darmstadt 1980.

Kurz, Gerhard: *Schnörkel und schleier und Warzen. Die Briefe Kafkas an Oskar Pollak und seine literarischen Anfänge*. In: Der junge Kafka. Hrsg.von Gerhard Kurz. Frankfurt a.M. 1984.

———: *Der neue Advokat*. In: Was bleibt von Franz Kafka?. Wien 1985.

Küter, Bettina: *Mehr Raum als sonst. Zum gelebten Raum im Werk Franz Kafkas*. Frankfurt a.M./Bern/New York/Paris. 1989.

Lacan, Jacques: *Die Bildungen des Unbewussten*. Wien 2006. 邦訳『無意識の形成物【上】』佐々木孝次・原和之・川崎惣一訳、岩波書店、2005年

———: *Die vier Grundbegriffe der Psychoanalyse*. Berlin 1996. 邦訳『精神分析の四基本概念』小出浩之・新宮一成・鈴木國文・小川豊昭訳、岩波書店、2003年

Lack, Elisabeth: *Kafkas bewegte Körper*. München 2009.

Mattenklott, Gert: *Gewinnen, nicht siegen. Kommentare zu zwei Texten von Kafka*. In: Merkur 39. 1985.

Müller-Seidel Walter: *Deportation des Menschen. Kafkas Erzählung "In der Strafkolonie" im europäischen Kontext*. Frankfurt a.M. 1989.

Nagel, Bert: *Franz Kafka*. Berlin 1974.

Nekula, Marek: *Franz Kafkas Sprachen*. Tübingen 2003.

Neumann, Bernd: *Franz Kafka. Aporien der Assimilation*. München 2007.

———: *Franz Kafka. Gesellschaftskrieger. Eine Biographie*. München 2008.

Neumann, Gerhard: *Franz Kafka. Das Urteil. Text, Materialien, Kommentar*. München 1981.

———: *Der Verschleppte Prozess*. In: Poetica. Bd.14. Jg. 1982.

———: *Schrift und Druck*. In: Zeitschrift für deutsche Philologie. Bd.101. 1982.

———: *Die Arbeit im Alchimistengäßchen 1916-1917*. In: Kafka-Handbuch in zwei Bänden, hrsg.von Hartmut Binder Bd.2. Stuttgart 1979.

*auf das Individuum*. In: Expressionismus. Manifeste und Dokumente zur deutschen Literatur 1910-1920. Hrsg. von Tomas Anz und Michael Stark. Stuttgart. 1982.

Hackermüller, Rotraut: *Das Leben, das mich stört. Eine Dokumentation zu Kafkas letzten Jahren 1917-1924*. Wien/Berlin 1984.

Hackert, Andreas: *Franz Kafkas "In der Strafkolonie". Klassifizierung und Interpretation*. Norderstedt 2007.

Hartmann, Frank: *Medienphilosophie*. Wien 2000.

Hayman, Ronald: *Kafka*. Bern u. München 1983.

Henel, Ingeborg: *Die Deutbarkeit von Kafkas Werken*. In: Wege der Forschung–Franz Kafka. Darmstadt 1980.

———: *Kafkas "In der Strafkolonie"*. In: Untersuchungen zur Literatur als Geschichte. Berlin 1973.

Hiebel, Hans H.: *Die Zeichen des Gesetzes. Recht und Macht bei Franz Kafka*. München 1983.

———: *Der reversible Text und zirkläre Différance in Ein >Landarzt<*.In: Franz Kafka. Hrsg. von Claudia Liebbrand. Darmstadt 2006.

Kant, Immanuel: *Beobachtungen über das Gefühl des Schönen und Erhabenen*. In: Immanuel Kants Werke. Hrsg.von E. Cassirer. Bd.II. Berlin 1922. 邦訳『美と崇高の感情に関する観察』、『カント全集 2』所収、宮武昭他訳、岩波書店、2000 年

———: *Kritik der Urteilkraft*. In: Immanuel Kants Werke. Hrsg. von E. Cassirer. Bd.V. Berlin. 1922. 邦訳『カント全集 8』牧野英二訳、岩波書店、1999 年

Kayser, Wolfgang: *Das Groteske in Malerei und Dichtung*. München 1960. 邦訳『グロテスクなもの』竹内豊治訳、法政大学出版局、1969 年

Kessler, Susanne: *Kafka–Poetik der sinnlichen Welt*. Stuttgart 1983.

Kittler, Friedrich: *Grammophon Film Typewiter*. Berlin 1986. 邦訳『グラモフォン・フィルム・タイプライター（下）』石光泰夫・石光輝子訳、ちくま学芸文庫、2006 年

Kittler, Wolf: *Der Turmbau zu Babel und das Schweigen der Sirenen*. Erlangen 1985.

———: *Schreibmaschinen, Sprechmaschinen. Effekte technischer Medien im Werk Franz Kafkas*. In: Franz Kafka: Schriftverkehr. Freiburg 1990.

———: *Integration*. In: Kafka-Handbuch in zwei Bänden, hrsg. von Hartmut Binder Bd.2. Stuttgart 1979.

Kleinschmidt, Gert: *Ein Landarzt*. In: Interpretationen zu Franz Kafka. München 1975.

———: *Franz Kafka. Leben und Persönlichkeit*. Stuttgart 1979.
———/ Parik, Jan: *Kafka. Ein Leben in Prag*. München 1982.
Brandt, Anne: *Franz Kafka und der Stummfilm*. München 2009.
Brod, Max: *Ein tschechisches Dienstmädchen*. Berlin/Stuttgart/Leipzig 1909.
———: *Franz Kafka. Eine Biographie*. Frankfurt a.M. 1963.
———: *Streitbares Leben*. Frankfurt a.M. 1979.
Busch, Bernd: *Belichtete Welt. Eine Wahrnehmungsgeschichte der Fotografie*. München/Wien 1989.
Crary, Jonathan: *Techniken des Betrachters*. Dresden/Basel 1996. 邦訳『観察者の系譜』遠藤知巳訳、十月社、1997 年
Ellrot, Mellanie: *Über "In der Strafkolonie" von Franz Kafka. Eine kritisch-rezeptionsästhetische Analyse*. Norderstedt 2004.
Emrich, Wilhelm: *Franz Kafka*. Frankfurt a.M. 1957.
Fingerhut, Karl Heinz: *Kafka für die Schule*. Berlin 1995.
Freud, Sigmund: *Der Witz*. In: Gesammelte Werke. Bd.6. Frankfurt a.M. 1940. S.48f. 邦訳『機知』、『フロイト著作集 4』所収、懸田克躬他訳、人文書院、1996 年
———: *Der Humor*. In: Gesammelte Werke. Bd.14. Frankfurt a.M. 1948. 邦訳『ユーモア』、『フロイト著作集 3』所収、高橋義孝他訳、人文書院、1996 年
———: *Das Unheimliche*. In: Gesammelte Werke Bd.12. Frankfurt a.M. 1947. 邦訳『無気味なもの』高橋義孝訳、『フロイト著作集 3』所収、人文書院、1996 年
———: *Jenseits des Lustprinzips*. In: Gesammelte Werke Bd.13. Frankfurt a.M. 1940. 邦訳『快感原則の彼岸』小此木啓吾訳、『フロイト著作集 6』所収、人文書院、1996 年
———: *Das Ich und das Es*. In: Gesammelte Werke. Bd.13. Frankfurt a.M. 1940. 邦訳『自我とエス』、『フロイト著作集 6』所収、井村恒郎・小此木啓吾訳、人文書院、1996 年
Geyer-Ryan, Helga / Lehn, Helmut: *Von der Dialektik der Gewalt zur Dialektik der Aufklärung*. In: Vierzig Jahre Flaschenpost: >Dialektik der Auf-klärung< 1947 bis 1987. Hrsg. von Reijen und Noerr. Frankfurt a.M. 1987.
Grabenmeier, Isolde: *Schreiben als Beruf. Zur Poetik Franz Kafkas auf dem Hintergrund der Herrschaftstheorie und Methodenreflexion Max Webers*. Freiburg/Berlin/Wien 2008.
Groß, Otto: *Zur Überwindung der kulturellen Krise./ Die Einwirkung der Allgemeinheit*

## 〈主要参考文献〉


Adorno, Theodor W.: *Aufzeichnungen zu Kafka*. In: Prismen. Frankfurt a.M. 1969.

———: *Ästhetische Theorie*. Frankfurt a.M. 1992.

———: *Zu Subjekt und Obejekt*. In: Stichworte. Frankfurt a.M. 1978.

——— / Horkheimer, Max.: *Dialektik der Aufklärung*. Frankfurt a.M. 1975. 邦訳 ホルクハイマー／アドルノ『啓蒙の弁証法』徳永恂訳、岩波書店、1990 年

———/ Benjamin, Walter: *Briefwechsel 1928-1940*. Hrsg. von Henri Lonitz. Frankfurt a.M. 1994. 邦訳『ベンヤミン アドルノ往復書簡』野村修訳、晶文社、1996 年

Alt, Peter-André: *Kafka und der Film*. München 2009.

Anderson, Mark M.: *Kafka's clothes. Ornament and Aestheticism in the Habsburg Fin de Siècle*. New York 1992. 邦訳『カフカの衣装』三谷研爾・武林多寿子訳、高科書店、1997 年

Asher, Evelyn W.: *Urteil ohne Richter*. New York 1984.

Avenarius, Ferdinand: *Vom Schmerzenskind Kino*. In: Kein Tag ohne Kino. Hrsg. von Fritz Güttinger. Frankfurt a.M. 1984.

Beck, Evelyn Torton: *Kafka and the Yiddish Theater*. Madison/Milwaukee/London. 1971.

Beicken, Peter U.: *Franz Kafka. Eine kritische Einführung in die Forschung*. Frankfurt a.M.1974.

Beißner, Friedrich: *Der Erzähler Franz Kafka*. Frankfurt a.M. 1983.

Benjamin, Walter: *Franz Kafka. Zur zehnten Wiederkehr seines Todestages*. In: Gesammelte Schriften Bd.II.2. Frankfurt a.M. 1977.

———: *Der Erzähler*. In: Gesammelte Schriften Bd.II.2.

———: *Benjamin über Kafka*. Frankfurt a.M. 1981.

Bergman, Hugo: *Erinnerungen an Franz Kafka*. Universitas: Zeitshcrift für Wissennshaft und Lieratur 27, Heft 7 1972.

Bertelsmann, Richard: *Das verschleiernde Deuten. Kommunikation in Kafkas Erzählung Das Schweigen der Sirenen*. In: ACTA GERMANICA Bd.15. Frankfurt a.M./Bern/New York 1982.

Binder, Hartmut: *Kafka-Kommentar zu sämtlichen Erzählungen*. München 1977.

【図版出典】

図 1　Library of Congress Prints and Photographs Division Washington, D.C. 20540 USA

図 2　『世界美術大全集第 20 巻　ロマン主義』小学館、1993 年

図 3　『世界美術大全集第 23 巻　後期印象派時代』小学館、1993 年

図 4　Klaus Wagenbach: *Franz Kafka. Bilder aus seinem Leben*. Verlag Klaus Wagenbach Berlin 2008.

図 5　同上

図 6　同上

図 7　同上

図 8　同上

図 9　同上

図 10 同上

図 11 同上

図 12 同上

カバー図版 同上

【初出一覧】

＊なお、全体に渡って大幅に改稿を行って統一をはかっている。

第一章 『判決』の眼差しゲーム

……………『〈読〉まずに〈見〉る』《Brunnen》Nr.278、郁文堂、1985 年

『眼差しゲーム——カフカの『判決』を〈見〉る』、『京都産業大学論集』人文科学系列、第 17 巻第 4 号、1988 年

第二章 「小路に向かう窓」の変遷

……………『鏡の外のカフカ——カフカと映画（2)』同、第 28 号、2001 年

第三章 カフカのオデュッセウスの塞がれた耳

……………『カフカのオデュッセウスの塞がれた耳』同、第 31 号、2004 年

第四章 晩年の大転回、『夫婦』の「母」

……………『カフカにおける「崇高」——『夫婦』の「母」』同、第 41 号、2010 年

第五章 『流刑地にて』は笑えるのか

……………『笑うカフカの『流刑地にて』』同、第 46 号、2013 年

第六章 換喩的な『田舎医者』の語り

……………『換喩的カフカ——『田舎医者』の動きを読む』同、第 20 巻第 2 号、1991 年

吉田 眸
よしだ・ひとみ
1972年大阪外国語大学大学院修士課程ドイツ語科修了。現在、京都産業大学特任教授。カフカ研究が専門だが、映像研究も並行して行っている。著書は『ドアの映画史』(春風社)。主な論文は「カフカと映画」、「1930年代の成瀬巳喜男」など。

**カフカのヴィジュアルな語り**
ありのままに見るという読み方

2018年3月1日初版第1刷発行

著者　吉田 眸
発行者　高橋 栄
発行所　風濤社
〒113-0033 東京都文京区本郷3-17-13 本郷タナベビル4F
Tel. 03-3813-3421　Fax. 03-3813-3422
印刷・製本　中央精版印刷

printed in Japan
ISBN978-4-89219-444-3